AF094205

www.ingramcontent.com/pod-product-compliance
Lightning Source LLC
LaVergne TN
LVHW010357070526
838199LV00065B/5849

9789369085330

کالے صاحب

(افسانے)

اپندرناتھ اشک

© Upendranath Ashk

Kaale Sahib *(Short Stories)*
by: Upendranath Ashk
Edition: February '2025
Publisher :
Taemeer Publications LLC (Michigan, USA / Hyderabad, India)

ISBN 978-93-6908-533-0
9 789369 085330

مصنف یا ناشر کی پیشگی اجازت کے بغیر اس کتاب کا کوئی بھی حصہ کسی بھی شکل میں بشمول ویب سائٹ پر اَپ لوڈنگ کے لیے استعمال نہ کیا جائے۔ نیز اس کتاب پر کسی بھی قسم کے تنازع کو نمٹانے کا اختیار صرف حیدرآباد (تلنگانہ) کی عدلیہ کو ہو گا۔

© اپندر ناتھ اشک

کتاب	:	**کالے صاحب** (افسانے)
مصنف	:	**اپندر ناتھ اشک**
صنف	:	فکشن
ناشر	:	تعمیر پبلی کیشنز (حیدرآباد، انڈیا)
سالِ اشاعت	:	۲۰۲۵ء
صفحات	:	۱۱۲
سرورق ڈیزائن	:	تعمیر ویب ڈیزائن

فہرست

	مقدمہ: رام لعل	6
(۱)	افسانہ نگار خاتون اور۔۔۔	12
(۲)	ڈاچی	40
(۳)	گوکھڑو	53
(۴)	تخت محل	68
(۵)	آلڑائی آ۔۔۔	77
(۶)	کیپٹن رشید	81
(۷)	کالے صاحب	102

مقدمہ

میں اس کتاب کے قارئین سے اس بات کی اجازت چاہتا ہوں کہ اس کے مصنف اپندرناتھ اشک کی افسانہ نگاری کے بارے میں اظہار خیال کرنے سے پہلے ان کی سوانح حیات کا بھی کچھ جائزہ لے لوں۔ کسی بھی بڑے افسانہ نگار کی زندگی کے جملہ حالات، سماجی و نفسیاتی پیچ و خم اور دوسرے رویے جو اکثر و بیشتر ادب کے حوالے سے مختلف مباحثوں کی بدولت روشنی میں آجاتے ہیں، اُس کے تخلیقی عمل کو سمجھنے اور پرکھنے میں بھی مددگار ثابت ہوتے ہیں۔ چنانچہ اسی نقطۂ نظر سے میں نے خود اس کتاب کے مصنف کے ساتھ ذاتی گفتگو کرنے کا بھی موقعہ حاصل کر لیا تھا جس کے بعض ضروری اور کارآمد حصے نذرِ قارئین کرتا ہوں۔

اپندرناتھ کا جنم ۱۹۱۰ء میں جالندھر کے محلہ کلووانی میں ہوا تھا۔ انھوں نے ۱۹۲۷ء میں سائیں داس اینگلو سنسکرت ہائی اسکول جالندھر سے ہائی اسکول کا امتحان پاس کیا تھا۔ بی اے کا امتحان ۱۹۳۱ء میں ڈی اے وی کالج جالندھر سے پاس کیا اور پھر ۱۹۳۶ء میں لا کالج لاہور سے ایل ایل بی کا امتحان امتیازی حیثیت سے اس طرح پاس کیا کہ اُس امتحان میں بیٹھنے والے سات سو طلبا میں ان کی پوزیشن آٹھویں آئی تھی۔

اپندرناتھ اشک اردو، ہندی اور پنجابی تین زبانیں جانتے ہیں اور ان تینوں زبانوں میں ناول اور افسانے لکھتے رہے ہیں۔ انھوں نے ایک بڑی تعداد

ہیں۔ناٹک اور خاکے بھی لکھے ہیں اور شاعری بھی کی ہے۔ ان کے ہم عصر افسانہ نگاروں میں کرشن چندر، سعادت حسن منٹو، راجندر سنگھ بیدی وغیرہ سے ان کی دوستی تھی اور ان میں خوب گاڑھی چھنتی تھی۔ سعادت حسن منٹو کے ساتھ ان کے کچھ اختلافات بھی رہے جو اُن کی کتاب "منٹو میرا دشمن" میں شائع ہو چکے ہیں۔ بعد کے لکھنے والوں میں ان کا محبوب ادیب بلونت سنگھ ہے جس کی افسانہ نگاری کی وہ بے حد تعریف کرتے ہیں۔

اپندر ناتھ اشک کی پہلی اردو کہانی بعنوان" ددھوا کے جذبات" ۱۹۲۶ء یا ۱۹۲۸ء میں روزنامہ پرتاپ لاہور کے سنڈے ایڈیشن میں شائع ہوئی تھی۔ انھوں نے بتایا کہ ان کی اوّلین آٹھ دس کہانیاں بھی اسی اخبار میں چھپی تھیں۔

ہندی میں اُن کی پہلی کہانی "لاگ ڈانٹ" ۱۹۳۴ء میں منشی پریم چند کے ماہنامہ 'ہنس' بنارس میں طبع ہوئی تھی۔

اشک نے اردو میں پہلا ناول" ایک رات کا نرک"کے عنوان سے ۱۹۳۵ء میں لکھا تھا جو کتابی صورت میں شائع نہیں ہوا ہے۔ اسی ناول کے مسودے سے چار باب نکال کر انھوں نے اپنے مشہور ناول "گرتی دیواریں" میں شامل کر لیے تھے جنھیں وہ اس ناول کی بنیاد بتاتے ہیں۔"گرتی دیواریں" ۱۹۴۶ء میں الہ آباد سے شائع ہوا تھا۔

اشک صاحب ۱۹۴۰ء میں جالندھر چھوڑ کر دہلی چلے گئے تھے جہاں انھیں آل انڈیا ریڈیو پر اسکرپٹ رائٹر کی ملازمت مل گئی تھی۔ اُسی زمانے میں انھوں نے کئی ریڈیائی ڈرامے لکھے جن کے دو مجموعے شائع ہو چکے ہیں۔ اُس زمانے میں اُن کے ڈراموں کی بڑی دھوم تھی۔ ریڈیو کے کنٹرولر آف پروڈکشن پطرس بخاری تھے اور ان کے ساتھی لکھنے والوں میں کرشن چندر، ن۔م۔ راشد، سعادت حسن منٹو، وشوامتر عادل، اختر الایمان وغیرہ تھے۔ بعد میں راجندر سنگھ بیدی اور احمد ندیم قاسمی بھی ان سے وہیں جا ملے تھے۔

پریم چند نے اپنے دورِ آخر میں "کفن" جیسا علامتی وجدید افسانہ تخلیق نہ کیا ہوتا تب بھی اُن کی گزشتہ ساری تصانیف سے اردو ادب کا دامن مالا مال ہو چکا تھا۔ نیاز فتحپوری نے آزادی کے کئی سال بعد ترکِ وطن کرنے سے پہلے مجھ سے ایک ذاتی گفتگو میں اظہارِ خیال فرمایا تھا کہ پریم چند اردو افسانے کے تاریخی موڑ پر اس طرح آگئے تھے جن کی مثال عالمی فوجی حکمت عملی میں نپولین کی دی جاسکتی ہے۔ نیاز صاحب نے یہ بھی فرمایا تھا کہ اگر نپولین پیدا نہ ہوا ہوتا تو اس کے بجائے کوئی دوسرا جرنیل ضرور آگیا ہوتا یعنی نپولین جیسے جرنیل کا آنا وقت کا ایک اہم تقاضا تھا۔ ادب میں بھی عام طور پر کم وبیش یہی صورت حال ہوتی ہے۔ یعنی نئے افسانے میں پریم چند کا آنا ناگزیر تھا۔

پریم چند کے بعد اردو افسانے کے افق پر تین بڑے افسانہ نگاروں۔ راجندر سنگھ بیدی، سعادت حسن منٹو اور کرشن چندر کے ابھرنے سے پہلے بھی کچھ افسانہ نگاروں کا کا ایک ایسا چھوٹا سا گروہ سامنے آچکا تھا جس کی اہمیت کا منکر ہونا ممکن نہیں ہے مثلاً حیات اللہ انصاری، فیاض محمود، سُدرشن، سلطان حیدر جوش، علی عبّاس حسینی اور اپندرناتھ اشک کے نام اس سلسلے میں بلا تکلف لیے جاسکتے ہیں۔ فیاض محمود اور اپندرناتھ اشک کا تعلق یو پی سے باہر یعنی پنجاب سے تھا۔ لیکن ان سب کی افسانہ نگاری پر پریم چند کے فکر وفن کے بہت گہرے اثرات مرتب ہو چکے تھے، اس وقت تک اپندرناتھ اشک مشرقی پنجاب کی دیہی وشہری زندگی کے پروردہ تھے۔ جالندھر جہاں ان کی پرورش اور تعلیم وتربیت ہوتی رہی، کوئی اتنا بڑا شہر نہیں تھا کہ اسے لاہور، دہلی، کلکتہ یا بمبئی کے سے مزاج سے ہم آہنگ کرکے دیکھا جاسکے۔ آس پاس کے دیہات اور قصبوں کے ساتھ جالندھر کا اتنا گہرا تعلق تھا کہ اشک کے افسانوں میں جالندھر کے عام انسانوں کی زندگی، اُن کی قصباتی اخلاقیات اُن کے معاشرتی ومعاشی تصورات اور دوسرے مسائل بڑے اعتماد سے اُبھر کر سامنے آتے ہیں۔ یوں تو اشک صاحب نے تین چار سو سے زائد افسانے تصنیف کیے ہوں گے لیکن جب انتخاب کا معاملہ سامنے

آیا تو میں نے اردو کے یا خود اشک صاحب کے بہترین افسانوں کا معیار ایک طرف رکھ دیا اس کے بجائے میں نے اردو افسانے کے ارتقائی تاریخی پہلوؤں کو اہمیت دینا زیادہ مناسب خیال کیا۔ جیسا کہ میں پہلے بھی عرض کر چکا ہوں کہ کرشن چندر، راجندر سنگھ بیدی اور سعادت حسن منٹو سے پہلے کچھ افسانہ نگاروں کا ایک ایسا گروہ بھی اردو افسانے کے قارئین سے متعارف ہو چکا تھا جن کی اہمیت مسلّم ہے کیونکہ انھوں نے پریم چند کے زیر اثر اپنے گرد و پیش کی زندگی کو ایک حقیقت پسندانہ انداز سے دیکھنا شروع کر دیا تھا جن پر اس قسم کی رومان پسندی کی پرچھائیاں ہرگز ہرگز نہیں تھیں جو نیاز فتحپوری جیسے افسانہ نگاروں کا موضوع بن چکی تھی۔ چنانچہ کہا جا سکتا ہے کہ پریم چند کے انداز فکر کو وسیع کرنے میں ایک حد تک اپندر ناتھ اشک اور اُن کے ساتھی افسانہ نگاروں نے بھی حصّہ لیا۔ اپندر ناتھ اشک نے جتنا کچھ لکھا وہ تمام تر پریم چند کے آدرشوں کا عکس تو ہرگز نہیں ہے۔ ہونا بھی نہیں چاہیے تھا۔ لیکن یوں کہا جا سکتا ہے کہ انھوں نے پریم چند سے ایک تحریک لے کر زندگی کے نئے نئے افق تلاش کرنے اور اُس کے کے بعض ایسے گوشے بھی دکھانے کی کوشش کی جو پریم چند کی دسترس سے باہر رہ گئے تھے۔

اپندر ناتھ اشک کا زمانۂ تصنیف و تخلیق اگر واقعی ۱۹۲۶ء سے شروع ہوا تھا تو انھوں نے تادم تحریر یعنی ۱۹۸۵ء تک لگ بھگ ساٹھ سال تک اپنی یہ سرگرمیاں جاری رکھی ہیں۔ یہ بھی یاد رکھنا چاہیے کہ اشک صرف اردو میں نہیں لکھتے رہے بلکہ ساتھ ساتھ ہندی میں لکھا اور ان کے ان مشاغل میں افسانہ نگاری، ناول نگاری، ڈرامانگاری اور خاکہ نگاری کے علاوہ یادداشتیں لکھنے کا عمل بھی شامل ہے۔ انھوں نے آزادی سے کچھ عرصہ قبل پنجاب کو خیر باد کہہ کر الہ آباد کو اپنا وطن ثانی بنا لیا تو وہاں انھوں نے ہندی کتابوں کا اپنا ایک اشاعت گھر بھی قائم کر لیا جہاں سے ان کی اپنی اور دوسرے ادیبوں کی بے شمار کتابیں شائع ہوئی ہیں۔ اس قدر مصروف زندگی سے اپنے تخلیقی کاموں کے لئے بھی کچھ لمحے چرا لینا بہت بڑی ہمت

کا کام ہے۔

ان کی غیر معمولی ہمہ گیر مصروفیات کا ذکر میں نے اس لیے کیا ہے کہ ہم ان وجوہ کی تہہ تک بھی آسانی سے پہنچ جائیں کہ اشک زیادہ تعداد میں ویسے افسانے کیوں نہ لکھ سکے جو قریب قریب اسی زمانے میں یعنی ۱۹۳۰ء سے ۱۹۸۵ء تک دوسرے افسانہ نگاروں نے لکھ لیے تھے۔ نئے افسانوں کے باب میں اگر ہم پریم چند کے کفن کو اعلا مکر دفن کا ایک سنگ میل مان لیں تو ہمیں انتظار حسین، کرشن چندر، بیدی، منٹو قاسمی، عصمت، اشفاق احمد، قرۃ العین حیدر، جوگندر پال، جیلانی بانو، سریندر پرکاش وغیرہ تک آتے آتے ان کے ایک ایک یا دو دو ایسے افسانے ضرور مل جاتے ہیں جو عالمی سطح پر بڑے فخر سے رکھے جاسکتے ہیں۔ شاید میں نے ایک ایک اور دو دو بہت اچھے افسانوں کی حدود متعین کر کے اس میں اپندر ناتھ اشک کو بھی شامل کرنے کی گنجائش نکال لی ہے۔ ان کے افسانوں کے اس انتخاب میں "اڈی چک بھوتنا" ایک ایسا افسانہ ضرور ہے جو اردو کے بہت سختی سے انتخاب کیے ہوئے بہترین پندرہ افسانوں میں یقیناً شمار کیا جاسکتا ہے۔

"اڈی چک بھوتنا" اگرچہ بچپن کی یادوں کا ایک دلچسپ افسانہ ہے لیکن اس میں مکتبی زندگی، استادوں کی سختیاں، لڑکوں کی شرارتیں اور ایک انتہائی سخت گیر مزاج کے مالک استاد کی نفسیاتی کشاکش کو ایسی چابک دستی سے پیش کیا گیا ہے کہ پڑھنے والا نہ صرف خود کو اس زمانے میں سانس لیتا ہوا محسوس کرتا ہے بلکہ اُس کی تمام تر ہمدردی اُسی درندہ صفت استاد کی طرف منتقل ہوجاتی ہے جس کی مار کے نشان اشک کی کھال سے اُتر کر اس کی روح تک پہنچے ہوئے ہیں۔

"بے بسی" اس انتخاب کی دوسری کہانی ہے جو ایک بے کس و مجبور عورت کی نفسانی خواہشات کو ایک دردمندانہ اور بڑے فنکارانہ طریقے پر پیش کرتی ہے۔ اسی طرح "موسی" کہانی میں ایک ایسی بوڑھی ملازمہ کا کردار ہے جو وقت کے ساتھ یا ضرورت کے ساتھ کبھی بدلتا ہوا نہیں نظر آتا۔

"دا لیے" اور "افسانہ نگار خاتون اور جہلم کے سات پُل" سیاحت نامے زیادہ ہیں اور افسانے کم لیکن ان میں بھی کرداروں کے خدوخال اس انداز سے ابھارے گئے ہیں اور واقعات اور معاشی کشمکش کو اتنے دلچسپ طریقے سے پیش کیا گیا ہے کہ قاری ان کی افسانوی تر بیوں کے سہارے ہی انھیں بے اختیار پڑھتا چلا جاتا ہے۔

ڈاچی، گوکھڑد، کالے صاحب اور منیکن کا پودا عام آدمی کی معاشی بدحالی اور اس کے سماجی پس منظر کے لحاظ سے قابل مطالعہ ہیں۔ بقیہ کہانیوں میں بھی عام آدمیوں کے وہی رویے ہیں جو آزادی سے پہلے موجود تھے اور کم و بیش آج بھی ویسے کے ویسے ہیں ان میں زیادہ فرق نہیں آسکا۔ زمانی تقابل کے نقطۂ نظر سے بھی ان کہانیوں کا مطالعہ دلچسپی کا باعث ہوگا۔ مجموعی طور پر میں اس بات کا اعتراف کرنے میں کوئی جھجک نہیں محسوس کرتا کہ اشک صاحب کے ان افسانوں کی جو تاریخی اہمیت ہے وہ اردو افسانوں کے ارتقا پر ریسرچ کرنے والوں کے لیے بہت ہی معاون و مفید ثابت ہوگی۔

رام لعل

افسانہ نگار خاتون اور جہلم کے سات پل

جس شام افسانہ نگار خاتون کے دل میں جہلم کے سات پلوں کو لے کر ایک خوبصورت کہانی لکھنے کا خیال آیا اس دن پہلی مرتبہ اسے سرینگر اچھا لگا تھا. رات اس نے کیسٹوفین کی ایک گولی کھائی تھی۔ ایک ہفتے سے پیٹ میں ریاح اٹھ رہی تھی، بھوک تقریباً غائب تھی اور افسانہ نگار خاتون کی پیشانی میں ہلکا درد نسیں تنی اور مزاج کا پارہ چڑھا رہتا تھا وہ اپنے کاروباری شوہر سے برابر تقاضا کر رہی تھی کہ انھیں 'نشاط' اور 'شالیمار'، 'نسیم'، اور 'چشمہ شاہی' ڈل اور نگین کی کشش چھوڑ کر سیدھے پہلگام چلنا چاہیے! یہ گندا غلیظ سرینگر بھی کیا کسی شریف آدمی کے رہنے کی جگہ ہے. وہ اکثر کہا کرتی تھی۔ آٹھ دن میں پہلی مرتبہ اسے بھوک لگی کھانا ہضم ہوا، دوپہر کو گہری نیند آئی اور جب شام کی چائے کے بعد وہ اپنے شوہر اور دس سالہ شوخ بچے کے ساتھ باہر جانے کو تیار ہوئی، اس کا من امنگ سے بھرا ہوا تھا. ہلکی سی پھوار پڑ چکی تھی جو ہوا کو نم اور ماحول کو تازگی بخش گئی تھی۔ اپنے چنچل بچے کا ہاتھ پکڑے، اپنے شوہر کے دائیں طرف چلتی ہوئی افسانہ نگار گندے گنجان بازاروں میں دھکے کھانے، کی بجائے باندھ کی طرف چلی۔ امیرا کدل (یعنی پہلے پل) سے شروع ہو کر یہ باندھ سرینگر کلب سے آگے جہلم کے ساتھ ساتھ چلا گیا تھا۔ شملہ، مسوری اور نینی تال میں مال کا جو

مقام ہے وہی سری نگر میں اس باندھ کو حاصل ہے، جسے انگریزوں کی نقل میں عام طور سے کشمیری بھی 'بنڈ' کے نام سے پکارتے ہیں۔ ایک طرف بڑی بڑی دکانیں ہیں اور دوسری طرف جہلم اور درمیان صاف وشفاف سڑک۔

وہ ابھی پیپر میشی اور وڈ کارونگ والے[1] 'سبحانا دی ورسٹ' کے قریب پہونچے تھے اور افسانہ نگار خاتون سوچ رہی تھی کہ کمبخت نے کیا پرکشش نام رکھا ہے کہ باندھ کی منڈیر پر بیٹھے ایک ہانجی نے اچھل کر اٹھتے اور آگے بڑھ کر نہایت ادب سے سلام کرتے ہوئے کہا، "میم صاب شکارا؟ چلئے 'نہر دیارک' سیکون ہر چیز کی سیر کرائے گا!"

افسانہ نگار خاتون جب بھی باندھ پر آئی تھی، اس آدمی نے اسے سلام کیا تھا۔ اسے سلام سے نفرت تھی۔ سلاموں کی بہتات سے شرمندہ ہو کر وہ سوچا کرتی تھی کہ یہ لوگ سلام کے اتنے عادی کیوں ہیں۔ قریب سے گزرتی ہوئی موٹروں اور بسوں کو دیکھ کر چھوٹے چھوٹے بچے کھیل چھوڑ کر ہاتھ پیشانی پر لے جاتے ہیں موٹر اور بس گذر جاتی ہے لیکن وہ ہاتھ پیشانی پر رکھے اس کی طرف دیکھتے رہتے ہیں.... افسانہ نگار ایک دن باندھ پر کافی ہاؤس کی طرف سے امیراکدل آرہی تھی کہ ڈاکخانے کے برابر ایک چھوٹی سی گلی میں ایک ننھی سی لڑکی شلوار کا ازاربند پکڑے، اسے باندھنے کی کوشش کر رہی تھی افسانہ نگار خاتون کو دیکھ کر اس نے جھٹ بائیں ہاتھ سے ازاربند پکڑ، دایاں ہاتھ ماتھے پر رکھ دیا، 'میم صاب سلام! اور رحم وہمدردی کے بجائے غصے کی ایک لہر افسانہ نگار کے من میں دوڑ گئی۔ انگریز ضرور ان لوگوں کو سلام کرنے پر بخشش دیتے ہونگے لیکن یہ لوگ کیوں نہیں سمجھتے، کیوں اپنے بچوں کو نہیں سمجھاتے کہ ہم انگریز نہیں ان کے حاکم نہیں، انھیں جیسے ہیں! ـــــ لیکن اس شام میٹھی میٹھی ہوا رہی تھی، دائیں طرف جہلم کے اس پار، دور پیر پنجال کے پہاڑوں کی نیلی نیلی

[1] لکڑی کو تراش کر خوبصورت اشیا بنانے والے۔

چوٹیوں پر برف کی لکیریں بڑی دلکش معلوم ہو رہی تھیں۔ افسانہ نگار خاتون بہت خوش تھی اسے ہانجی کا سلام ناگوار نہیں لگا۔ اس نے اپنے شوہر سے کہا" چلئے سیون برجیز کی سیر کر آئیں۔

افسانہ نگار کے شوہر بھی امنگ میں تھے۔ اسی دن اپنے ایک دوست سے باتیں کرتے ہوئے انھیں معلوم ہوا تھا کہ اس وقت جن چیزوں کی قیمتیں آسمان چھوتی ہیں۔ سردیوں میں جب مانگ نہیں رہتی ایکدم زمین پر آجاتی ہیں کاریگر لوگ منافع کا خیال چھوڑ، اپنی محنت کے دام نکال کر لاگت پر ہی چیزیں بیچ دیتے ہیں۔ لکڑی سستی، پھل سستے، شال دوشالے پٹو، نمدے ہر چیز سستی اور تو اور کستوری کا نافع تک بیس پچیس میں ہاتھ آجاتا ہے۔

"بیس پچیس میں" انھوں نے تعجب سے پوچھا تھا" جبکہ نیچے شہروں میں پچھتر۔ اسی تک ہاتھ نہیں آیا۔"

"سردیوں میں۔ جب کوئی کام نہیں ہوتا" انکے دوست نے بتایا تھا" پہل گام اور گلمرگ کے آس پاس رہنے والے گوجر چار چار، پانچ پانچ کی ٹولیوں میں نکل جاتے ہیں، برف نیچے تک پڑجاتی ہے، کستوری ہرن بھی نیچے آجاتے ہیں اور یہ لوگ انھیں مار لاتے ہیں اور انکے نافع نکال کر بیس پچیس میں دے جاتے ہیں۔"

اور افسانہ نگار خاتون کے شوہر سوچ رہے تھے کہ دلّی میں بیمہ ایجنسی کی بھاگ دوڑ کے بعد چار پانچ سو پیدا کرنے کی بہ نسبت کیوں نہ وہ سردیوں میں کشمیر آئیں اور سستے داموں میں چیزیں خرید کر سیزن میں مہنگے داموں فروخت کریں.... اور تصور ہی تصور میں انھوں نے کشمیر میں کام شروع کر دیا تھا اور لکھ پتی بنے جارہے تھے.... اور وہ اس شام بڑی امنگ میں تھے ان کا جی چاہ رہا تھا کہ وہ نہرو پارک جائیں، ریستراں کے کونے میں کرسی پر بیٹھ کر نیچے ڈل میں کھلنے والے کمل کے پھولوں کی بہار کا نظارہ کرتے ہوئے تصور کے

محل تعمیر کریں۔ اس لیے انھوں نے کہا "شام ہو گئی ہے، سات پلوں کو دیکھنے کے لئے وقت چاہیے نہرو پارک چلتے ہیں۔"

"نہرو پارک دو مرتبہ دیکھ لیا" افسانہ نگار نے احتجاج کیا "سات پل دیکھ لیں پھر پہلگام چلیں۔"

"لیکن شام ہو گئی ہے۔

نہیں صاحب، ابھی ٹائم ہے، سا توں پل دکھلائے گا۔" مانجی نے میم صاحب کی تائید کی۔

اور افسانہ نگار خاتون کے شوہر راضی ہو گئے۔

مانجی نے انھیں شکارے میں بٹھا کر بچے کے ہاتھ میں ایک چھوٹا سا چپو دے دیا تھا جسے پا کر وہ بہت خوش ہوا اور تم دشکارے کے اگلے حصے کی پر کھانی کونی جگہ پر بیٹھ کر چپو چلانے لگا۔ افسانہ نگار خاتون اپنے شوہر کے ساتھ شکارے کی نرم کشادہ رنگین گدے دار سپرنگ سیٹ پر آرام سے دراز ہو گئی

جہلم کے دونوں کناروں پر ہاؤس بوٹ گذر رہے تھے۔ انکے آس پاس سے ٹیکسی شکارے اپنی گچھے دار نشستوں اور رنگین پردوں کے ساتھ بڑی تیزی سے ادھر ادھر آجا رہے تھے۔ سامان سے بھری کوئی بھنس (سامان لے جانے والی بڑی کشتی) یا ڈونگا بھی گذر جاتا۔ افسانہ نگار لیٹے لیٹے نیم وا نگاہوں سے وہ سب دیکھ رہی تھی۔ موڑ پر افرابٹ کا پہاڑ عین سامنے آگیا اور شکارے کے دو ڈنڈوں میں سے اسکی چوٹی پر پھیلی برف کی دھاریں اسے بہت بھلی معلوم ہوئیں۔

امیرا کدل کے پل کے نیچے سے گذرنے والا پانی کا ٹرامپ شاید پرانا ہونے کے باعث چھد گیا تھا اور پانی دھار کی شکل میں نیچے چھوڑ رہا تھا۔ اوپر لوگ آجا رہے تھے۔ ایک بس یوں یوں کرتی نکل گئی اور پھر ایک ٹرک پل کو لرزاتا ہوا گزر گیا افسانہ نگار کو یہ سب بہت خوش گوار لگا لیکن جب اس کا لڑکا چپو چلاتے چلاتے بہت جھک جاتا تو اس خوف سے کہ کہیں وہ پانی میں گر نہ

جائے وہ چلا اٹھتی "ارے تحو بیٹا سنبھال کر!" اور اس کا ذہن ہٹ جاتا۔

لیکن وہ اس شام پانچویں پل سے آگے نہ جا سکے تھے۔ تیسرے پل کے بعد دائیں طرف لکڑی کی عجیب و غریب اونچی عمارت کھڑی تھی جس کی چھت پگوڈوں جیسی تھی۔ پوچھنے پر معلوم ہوا کہ شاہ ہمدان کا مقبرہ ہے اور لوگ دور دراز سے زیارت کرنے آتے ہیں۔ انھوں نے اسے دیکھنے کی خواہش ظاہر کی اور شکارے والا انھیں دکھانے لے چلا۔

ابھی شکارا کنارے سے لگا بھی نہ تھا کہ بچہ کود پڑا۔ افسانہ نگار خاتون کا دل خوف سے کانپ اٹھا۔ لیکن الٹی کمان کی طرح پیچھے کو جھکتا ہوا دوسرا قدم اٹھا کر وہ گرنے سے صاف بچ گیا۔ کنارے پہنچ کر ہلکی سی چپت اسکے گال پر جماتے ہوئے افسانہ نگار خاتون نے اسے چوم لیا۔

لیکن شاہ ہمدان کے مقبرے کے اندر جانے کی اسے اجازت نہیں ملی۔ اندر نماز کی تیاری ہو رہی تھی اس وقت عورتیں وہاں نہیں جا سکتی تھیں اسکے شوہر گئے اور جلد آنے جھانک آئے۔ ماجھی نے کہا کہ وہ کسی دن بارہ بجے سے پہلے آئیں تو وہ میم صاب کو بھی اندر لے جائے گا۔ اس وقت اس نے افسانہ نگار خاتون کو برابر کے دالان کی جھری سے اندر کا بڑا ہال نما کمرہ دکھا دیا۔ ہال کی دیواریں لکڑی کی تھیں جن پر قرآن کی آیتیں اور بیل بوٹے منقوش تھے۔ چھت پر بڑے قیمتی جھاڑ فانوس ٹنگے تھے۔

شاہ ہمدان کا مقبرہ دیکھتے دکھاتے میں دیر ہو گئی۔ پانچویں پل تک پہنچتے پہنچتے اندھیرا چھا گیا۔ افسانہ نگار کے شوہر نے کہا کہ واپس چلنا چاہیے۔ ماجھی نے بھی حامی بھری اور وہ پھر واپس لوٹے۔

سوا اس کے کہ اپنے لڑکے کی شوخی اور تیزی کے باعث اس کے گر جانے کا ڈر اسے بنا رہا، افسانہ نگار خاتون کو شکارے کی یہ سیر بہت اچھی لگی۔

رات کا کھانا کھا کر اور چودا سیا کے عمدہ پان سے منھ کا ذائقہ بدل جب وہ

لوگ لیٹے تو افسانہ نگار نے اپنے شوہر کے پہلو سے اپنے سر کو چپٹائے ہوئے کہا "میرے ذہن میں بہت اچھی کہانی آئی ہے۔"

شوہر لاکھوں کا خواب دیکھ رہے تھے۔ قدرے چونک کر بولے "کہانی؟"

"آج اگر ہم سانول پل دیکھ لیتے اور میں اپنی نوٹ بک لے گئی ہوتی۔ تو بہت ہی پیاری کہانی لکھتی۔"

اور اس نے اپنے شوہر کو کہانی کا پلاٹ سنایا ــ ایک عورت اپنے شوہر اور بچے کے ساتھ سانول پل دیکھنے جاتی ہے۔ بچہ بڑا چنچل ہے۔ جین سے کنارے پر نہیں بیٹھتا کبھی چیختا چلاتا ہے۔ کبھی تیرتی ہوئی بطخوں کو پکڑتا ہے۔ کبھی کنارے کھیلتے لڑکوں سے مذاق کرتا ہے۔ ماں پلوں کے آس پاس بدلتے ہوئے مناظر سے پوری طرح لطف اندوز نہیں ہو پاتی۔ دل اس کا دھڑکتا رہتا ہے۔ بچے کی حفاظت کی فکر اسے ٹھیک سے کچھ دیکھنے نہیں دیتی۔ لیکن آخر میں وہ کنارے کے نم پر جا کھڑا ہوتا ہے وہ اسی فکر میں خوفزدہ ہو کر چیختی ہے ــ سنبھل بیٹے! ــــ تو وہ اپنا توازن کھو بیٹھتا ہے اور دریا میں گر جاتا ہے۔

کہانی کا بنیادی خیال سنا کر افسانہ نگار نے پوچھا "کیسی ہے؟"

شوہر بیچ میں ایک بہندسے جکڑے تھے۔ اچانک چونکے "کیا؟"

"کہانی؟"

"اچھی ہے۔ اچھی ہے!" اور انھوں نے اپنی افسانہ نگار بیوی کو ذرا سا پہلو میں بھینچ لیا۔

میں نے نوٹ لیے ہوتے تو ابھی لکھ دیتی۔ افسانہ نگار نے فخر سے کہا۔

"کل پھر سیون برجیز دیکھنے چلیں گے، ٹھیک سے نوٹ لے لینا" شوہر نے فراغدلی سے کہا۔ اب جبکہ وہ لکھ پتی ہونے جا رہے تھے تو ان تین ساڑھے روپیوں کا کیا منہ دیکھتے۔!

احسان مندی کے جذبے سے سرشار ہو کر افسانہ نگار خاتون شوہر سے چمٹ

گئی۔ لیکن اس کا شوہر بھر نیند میں ہلکے ہلکے خراٹے لینے لگا

دوسرے دن اس کے شوہر کو فرصت نہیں ملا۔ وہ اپنے اس نئے کاروبار کے سلسلے میں معلومات فراہم کرتا پھرا تیسرے دن افسانہ نگار خاتون نے سیون پر تجیر جانے کی بات یاد دلائی تو شوہر کی طبیعت جانے کو ذرا بھی نہ تھی۔ اپنے اس دوست کو جب اس نے سکیم بتائی اور اس نے خرچ کا حساب لگایا تو افسانہ نگار خاتون کے شوہر کا تمام جوش ٹھنڈا ہو گیا۔

اس سکیم کو عملی جامہ پہنانے کے لیے" اس کے دوست نے کہا" ہزاروں روپئے درکار ہونگے۔ لکڑی اور پیپر میشی کی اشیا، اخروٹ بادام، شال، دوشالے نمدے گبھے اور غالیچے، قیمتی پتھر اور کستوری، ان سب کو سستے داموں خریدنے اور بیچنے کا انتظام کرنے کے لیے ہزاروں نہیں لاکھوں روپے درکار ہیں باندھ یا جہلم کے دونوں کناروں پر ایسے تاجر جو ایک ساتھ بہت سی اشیا کی تجارت کرتے ہیں۔ لیکن وہ لکھ پتی ہیں اور وہی پانچ روپئے کی چیز کو پچاس روپے میں بیچ سکتے ہیں۔ ہمارے تمہارے بس کی بات نہیں۔ تم یہاں کام کرنا چاہتے ہو تو ایک چیز چن لو جس کا کاروبار تمہیں پسند ہو۔ لیکن اس طرح کام شروع کرنے میں مقابلہ جتنا سخت ہے اسے دیکھتے ہوئے، تم اتنا بھی نہ کما پاؤ گے جتنا تم دلی میں پیدا کرتے ہو۔ یہاں کشمیر میں چھ مہینے کمانا اور چھ مہینے بیٹھ کر کھانا پڑتا ہے، وہاں تھوڑا بھی کماؤ، لیکن سال بھر کما سکتے ہو۔"

اور افسانہ نگار خاتون کے شوہر چاہتے تھے کم کھانا کھا کر چپ چاپ جا کر سو جائیں۔ لیکن بچہ صبح سے نہر دیارک جا کر تالاب میں نہانے اور بوی سات میلوں کی سیر کر کے لوٹ لینے کی ضد کر رہی تھی رات گرمی زیادہ تھی اور کھٹملوں اور مچھروں کے مارے ٹھیک سے نیند نہ آئی تھی اور افسانہ نگار خاتون کے شوہر کی آنکھیں مندی جا رہی تھیں۔ لیکن جب بائی شما بازار کے ایک سستے سے ڈھابے پر کھانا کھانے کے بعد افسانہ نگار خاتون

نے پھر سات پل دیکھنے کی بات کہی تو قدرے جھنجھلا کر انھوں نے کہا "دیکھنا ہے تو ابھی چلو۔ دوپہر کو تو ہیں گے تو نیند آجائے گی اور شام کو چائے وغیرہ پی کر چلیں گے تو پھر دہی پانچویں پل تک جا پائیں گے۔

بچے نے کہا ہم تو پارک جائیں گے۔"

اس کے والد نے ڈانٹ دیا کہ آج تمہاری ماں نوٹ لے لیں تم کل جا کر وہاں نہا لینا۔

افسانہ نگار خاتون کے معدے میں آج پھر کچھ گڑبڑ تھی۔ سر بھی ہلکا ہلکا درد کر رہا تھا۔ رات کی بیداری کے سبب آنکھیں بھی بند ہوئی جاتی تھیں دراصل وہ شام ہی کو سات پلوں کی سیر کرنا چاہتی تھی۔ لیکن پتہ نہیں اس کے شوہر کا پھر موڈ ہو، نہ ہو، اس لیے اس نے سوچا کہ نوٹ تو لے ہی لیے جائیں۔ کہانی تو پھر بھی کبھی لکھی جا سکتی ہے۔

"میں ذرا ہوٹل سے پیڈ اور پنسل لے لوں" اس نے کہا "پھر چلتے ہیں"۔
اور وہ ہوٹل کو واپس لوٹے، جہاں انھوں نے ایک کمرہ ڈھائی روپے روز کرایے پر لے رکھا تھا اور جہاں وہ صرف سونے یا آرام کرنے آتے تھے۔

ہوٹل پہونچے تو افسانہ نگار نے چلنے سے پہلے ذرا سا "میک اپ" کرنا ضروری سمجھا۔ شوہر اسی اثنا جوتے پہنے ہوئے ہی (جوتے پلنگ کی ایک پٹی کے ایک طرف کرکے) لیٹ گئے۔ میک اپ کرکے افسانہ نگار خاتون نے آئینے میں دیکھا تو دوپہر کی گرمی، شب بیداری، سردرد اور موڈ کی خرابی کے باعث اپنی صورت اسے کچھ اتری ہوئی لگی۔ تب ہلکے سے پاؤڈر اور غازے کی مدد سے اسے کچھ تازہ کرکے اور قدرے مطمئن ہو کر، اس نے پیڈ اٹھایا، لیکن پنسل اسے نہیں ملی جھنجھلا کر اس نے لڑکے سے پوچھا "نکے، پنسل کہاں ہے؟"

"مجھے نہیں معلوم ممی" اور وہ جا کر برآمدے میں اچھلنے لگا۔
افسانہ نگار نے سب جگہ دیکھی، پنسل اسے نہیں ملی اس کے شوہر کی

ناک اسی بیچ بجنے لگی تھی۔ غصے سے بے قابو ہو کر وہ دندناتی ہوئی باہر گئی اور بچے کا کان پکڑ کر اسے تقریباً گھسیٹتے ہوئے اندر لے آئی۔

"پنسل کہاں رکھی تونے؟" وہ چلائی۔

اس کے شوہر نے کروٹ بدلی۔ انکے جوتے پلنگ پوش پر آگئے تھے اور وہ پھر خراٹے لینے لگے۔

افسانہ نگار نے ایک شعلہ بار نگاہ اپنے شوہر پر ڈالی۔ وہ اپنی جھنجھلاہٹ بچے پر نکالنے ہی والی تھی کہ اسے میز کے نیچے پنسل دیوار کے ساتھ لگی دکھائی دی۔

وہ کچھ خفیف سی ہوئی لیکن اپنی خفت اس نے بچے پر نہیں ظاہر ہونے دی۔ "یہ دیکھ، کہاں گرادی تونے پنسل!" بچے کا کان ڈھیلا چھوڑتے ہوئے اس نے کہا۔

"مگر میں نے نہیں گرائی ممی!" اور وہ منہ بسور کر رونے لگا۔

پنسل میز کے نیچے سے اٹھا کر بچے کو گلے سے لگا کر چیتو سمیت چھوٹے سرکارا اسے لیکر دینے کا وعدہ کرکے افسانہ نگار خاتون نے بڑی مشکل سے اسے چپ کرایا اور شوہر کے قریب جا کر انھیں ہلاتے ہوئے اس نے کہا: "چلیں گے نہیں؟"

شوہر ہڑبڑا کر اٹھے اور باہر کی طرف چل دیئے۔ اپنی گردن کا پسینہ بھی انھوں نے برآمدے میں جا کر پونچھا۔

باہر گرمی ایسی تھی جیسی میدانوں میں ہوتی ہے۔ دھوپ میں آنکھیں نہ ٹھہرتی تھیں پلیڈیم کے سامنے ہری سنگھ ہائی سٹریٹ سے ہوتے ہوئے وہ سب پل پر پہنچے۔ ابھی وہ کچھ دور ہی تھے کہ پل کے جنگلے پر بیٹھے ہوئے دو بانجی چھلانگ مار کر اترے۔

"صاب شکارا؟"

"سیون برجیز دیکھنے چلیں گے۔ بولو کیا لوگے؟" بغیر رکے باندھ کی طرف بڑھتے ہوئے افسانہ نگار خاتون کے شوہر نے پوچھا۔

"چلئے صاب، ساڑھے تین روپیہ! خوب اچھی طرح سیر کرائے گا۔"

اس نے آگے سے ہو کر، جنگلے کو پار کر، باندھ پر آتے ہوئے شوہر نے کہا "میاں وہ زمانہ لد گیا جب خلیل خاں فاختہ اڑایا کرتے تھے۔"

"خلیل خاں؟..... فاختہ؟....." ہانجی چکرایا۔

"سیزن ختم ہو گیا۔ ساڑھے تین کا زمانہ لد گیا۔" شوہر نامدار نے سمجھایا۔

"صاب، گورنمنٹ کا ریٹ ہے!"

"گورنمنٹ کا ریٹ ہے تو مزے کرو۔" افسانہ نگار کے شوہر نے لگاتار چلتے ہوئے کہا۔ "ابھی کچھ ہی دن پہلے ہم سات پل دیکھنے گئے تھے اور ہم نے ڈھائی روپئے دیے تھے۔" انھوں نے جھوٹ بولا۔

ہانجی پیچھے رہ گیا۔ وہ ذرا دور نکل آئے تو ہانجی نے پیچھے سے آواز دی۔

"آجائیے صاب!"

افسانہ نگار کے شوہر بڑھتے گئے۔ انھیں افسوس ہوا کہ ڈھائی کی بجائے انھوں نے دو کیوں نہیں کہا۔ قدم بڑھا کر شوہر کے ساتھ چلتی ہوئی افسانہ نگار خاتون بولی "ہم پرسوں ہی والے ہانجی کے شکارے پر جائیں گے۔ وہ بہت بھلا آدمی ہے۔"

تبھی ایک چھوٹا سا لڑکا پچھلے شکارے والوں کی ٹولی سے نکلا اور بھاگتا ہوا ان کے پاس سے ہو کر اگلے شکارے والوں کی ٹولی میں جا ملا۔ وہاں نیچے جہلم میں پانچ سات شکارے سواریوں کے انتظار میں کھڑے تھے اور ان کے ہانجی اوپر باندھ پر بیٹھے آتے جاتے مسافروں سے پوچھ تاچھ کر رہے تھے۔ وہاں پہنچ کر اس نے کشمیری زبان میں کچھ مسکوٹ کی اور ابھی افسانہ نگار اور اسکے شوہر ان سے دور ہی تھے کہ ایک ہانجی نے بڑھ کر ان کا راستہ روک لیا اور

کہا "صاب چلیے سیون بر جڑ ے چلے گا"۔

"ہم اسی شکارے پر چلیں گے"۔ افسانہ نگار منمنائی۔

اس کے شوہر کی آنکھیں غنودگی کے سبب بند ہوتی جا رہی تھیں لیکن انھوں نے ضبط سے کام لیتے ہوئے کہا "دو روپے ملیں گے"۔

"ڈھائی روپے لے گا"۔

"نہیں دو ملیں گے"۔ بغیر رکے انھوں نے کہا۔

"اچھا آئیے"۔

"ہم اسی شکارے پر چلیں گے"۔ افسانہ نگار نے کچھ جھنجلا کر کہا۔

لیکن اس کے شوہر باندھ سے نیچے اتر چکے تھے۔ بچہ اس کی انگلی چھوڑ کر اپنے باپ کی طرف بھاگ گیا تھا۔ مجبوراً افسانہ نگار خاتون بھی ان کے پیچھے پیچھے اتری لیکن شکارے کے پاس پہونچ اس نے کہا "ہم سب بازار دیکھیں گے"۔

"جی دکھائے گا"۔

"چھوٹا ڈانڈھے" نگا بولا

"جی ہے"۔

اور وہ تینوں شکارے میں جا بیٹھے۔

"بابو ہاتھ اندر کرو!" شکارے کو دوسرے شکاروں کی بھیڑ میں سے نکالتے ہوئے شکارے والے نے بچے سے کہا جو خود شکار انکالنے میں مدد کرنے کی کوشش کر رہا تھا۔

"بچے" آرام سے بیٹھو۔ بانہہ شکارے میں پس جائے گی" افسانہ نگار چیخی۔

شکارے کو باہر نکال کر اس کا رخ پل کی طرف کر کے شکارے والا باندھ پر چلا گیا۔

دھوپ بہت تیز تھی، اور بائیں طرف جدھر افسانہ نگار بیٹھی تھی، سیدھی

شکارے کے گدے پر پڑی تھی۔ اس کے شوہر گدے پر لیٹتے ہی اونگھنے لگے تھے۔ ترلوک کشتی کے نم پر بیٹھا جھونے جیتو کے لیے چلا رہا تھا اور افسانہ نگار خاتون کے سر میں بینپاہ درد اٹھ آیا تھا۔

"اے تکتے! جب کبھی رہ آ جاتا ہے جیتو" اور بچے کو یوں ڈانٹ کر انتہائی بے بسی اور جھنجلاہٹ سے وہ تنگ کر اٹھ بیٹھی بائیں طرف کا پردہ شکارے کے اوپر پڑا تھا، وہیں بیٹھے بیٹھے بایاں ہاتھ بڑھا کر اس نے پردہ کھینچنے کی کوشش کی لیکن وہ چھوٹے قد کی عورت تھی اسکا ہاتھ پردے تک نہیں پہنچا۔ وہ پھر گدے پر ڈھیر ہو گئی اور اس نے ایک شعلہ بار نگاہ اپنے شوہر پر ڈالی وہ بدستور خراٹے لے رہا تھا۔ افسانہ نگار جھنجلا کر پھر اٹھی اور کوشش کر کے اس نے پردہ گرا دیا۔ تبھی مانجی بچے آتا دکھائی دیا۔

"کہاں چلا گیا تھا ہمیں بٹھا کر؟" وہیں سے وہ چلائی

"دوسرے آدمی کو لانے گیا تھا۔"

"پردا ٹھیک کرو، دھوپ سخت ہے۔"

اور ذرا سی باہنہ ہلا کر پردہ کھولنے کے بدلے شکارے والے کو حکم دیکر وہ دھپ سے سپرنگ دار گدے پر بیٹھ گئی۔

مانجی نے آکر پردا کھول دیا۔ بچہ ڈانڈ کے لیے چلا رہا تھا۔ مانجی نے اسے ڈانڈ لا کر دیا اور شکارا بڑھانے چلا۔

"کیا اکیلا ہی چلائے گا؟"

"دوسرا آدمی آتا ہے میم ساب!"

افسانہ نگار دراز ہو گئی۔ وہ آنکھ بند کرنے لگی تھی کہ اس نے دیکھا۔ بچہ ڈانڈ کو کنارے کے ایک ہاؤس بوٹ سے لگا کر اس پر زور ڈال رہا ہے۔

"اے تکتے! مرے، آرام سے بیٹھ! پانی کی دھار پر جاتے ہوئے ایسا نہیں کرتے۔ گر جائے گا۔" وہ اٹھ کر چلائی۔

بچہ چونک کر سیدھا بیٹھ گیا اور ڈانڈ چلانے لگا۔ افسانہ نگار خاتون پھر پسر گئی۔ اس نے آنکھیں بند کرلیں۔ اس کے سر کا درد بڑھ گیا تھا۔ آنکھیں بند ہوئی جارہی تھیں حلق خشک اور سینہ بھاری تھا۔ غالباً اسے کھانا ہضم نہ ہوا تھا۔ وہ جھنجھلاہٹ بھری مجبوری سے اٹھی۔ پرس سے اس نے سوڈا منٹ کی ایک چھوٹی سی شیشی نکالی اور تین گولیاں ایک ساتھ منہ میں ڈال کر لیٹ گئی۔

لیکن پہلے پل کے ادھر شکارا رک گیا۔

"اب کیا بات ہے۔ چلتا کیوں نہیں؟ یہیں ایک گھنٹہ لگا دیا۔"

"بس میم صاب، ابھی چلتا ہے۔ وہ دوسرا آدمی آرہا ہے۔"

تبھی افسانہ نگار خاتون نے دیکھا، پل کے ساتھ ہی، جہاں شکارے کھڑے تھے اور جہاں انھیں پہلے آدمی نے شکارے کے لیے پوچھا تھا ایک نوجوان ہانجی بائیں ہاتھ میں حقہ اور دائیں میں تماکو کی پڑیا لیے ہوئے بھاگا آرہا ہے دوسرے لمحے وہ شکارے کے عقب میں آبیٹھا اور شکارا چلنے لگا۔

امیرا کدل کے نیچے پانی بدستور چڑھ رہا تھا۔ شکارا ایک موٹی سی دھار کے پاس سے چلا کہ افسانہ نگار بھڑک اٹھی۔

"کیا کرتے ہو گندے پانی کے نیچے لیے جا رہے ہو!"

وہ اتنے زور سے چیخی کہ اس کا شوہر ہڑبڑا کر اٹھ کر بیٹھ گیا۔

"کیا بات ہے؟" اس نے پوچھا۔

"گندے پانی کی دھار کے نیچے شکارا لیے جا رہے ہیں۔"

"میم صاب پانی گندہ نہیں!" نوجوان ہانجی نے کہا۔

"گندہ نہیں، تو کیا اس کے نیچے لے جاؤ گے؟"

"اس کے نیچے نہیں جاتا، میم صاب!"

"بکو نہیں!" افسانہ نگار چیخی۔ پھر اس نے اپنے شوہر سے انگریزی میں کہا۔ "یہ نمبری بدمعاش ہیں۔ آپ سے کہا تھا کہ اس پہلے والے شکارے پر چلنے۔

لیکن آپ نہیں مانے۔"

اس کے شوہر نے اس کا جواب نہیں دیا۔ شکارا تیزی سے بڑھنے لگا۔ ہاؤس بوٹ پل کے اس پار ہی رہ گئے تھے۔ اس پار دونوں کناروں پر ہانجیوں کے ڈونگے تھے۔ انھیں میں وہ اپنے خاندان سمیت رہتے، سوتے، کھانا پکاتے اور کھاتے تھے۔ انھیں میں وہ پیدا ہوتے اور مر جاتے تھے۔ کچھ جو کھاتے پیتے تھے، انکے ڈونگوں پر ٹین گل یا تختوں کی چھتیں تھیں۔ کچھ کے ڈونگے بوریوں سے ڈھکے تھے لیکن بیشتر گھاس پھوس سے چھائے تھے۔ حیثیتوں کے مطابق ہی ان کے باورچی خانہ سونے بیٹھنے کے کمرے اور ان کا سامان تھا۔

کبھی کسی ڈونگے کے باورچی خانے کی کھڑکی سے کوئی خوبصورت چہرہ لمحہ بھر کو جھانکتا، کوئی گرہستن ذرا سا باہر جھک کر کوئی برتن جہلم کے پانی میں دھوتی اور پھر پیچھے کو ہو جاتی، کوئی گورا ہاتھ بجلی کی تیزی سے لوٹے میں پانی بھرتا اور پھر چھپ جاتا۔ کوئی گورا چہرہ نیلی نیلی آنکھوں کا کوندا سا پھینکتا اور پھر ڈونگے کے اندھیرے میں غائب ہو جاتا ___ لیکن افسانہ نگار خاتون ان سب سے بے خبر آنکھ بند کئے پڑی تھی اور اسکے پیڈا در پنسل سپرنگ دار سیٹ میں اسی کی طرح آرام فرما رہے تھے۔

دونوں کناروں پر جہاں جہاں گلیاں تھیں وہاں سیڑھیاں اور گھاٹ بنے تھے ایک جگہ بچے نہا رہے تھے۔ ننگ دھڑنگ اترو کو ڈانڈ چلاتے دیکھ کر دو تین شرارتی بچے اسے ڈرانے کے لیے غڑاپ سے پانی میں کود سے۔ گورے چٹے خوبصورت تندرست، گلابی گالوں اور تیکھے ناک نقشے والے۔ لیکن اس سے پہلے کہ وہ شکارے تک پہونچتے، شکارا آگے نکل گیا ___ لیکن افسانہ نگار خاتون آنکھیں بند کئے پڑی رہی۔

بائیں طرف دو ڈونگوں کے بیچ بارہ تیرہ برس کی ایک خوبصورت نوخیز لڑکی تیر رہی تھی۔ کوئی بیدنگ سوٹ یا کپڑا اس کے تن پر نہ تھا، مچھلی سی وہ پانی

میں ڈوب ابھر رہی تھی۔ لیکن افسانہ نگار خاتون آنکھیں بند کیے پڑی تھی۔

ذرا دور پر لکڑی کے لٹھوں سے لدی ایک بہت بڑی بھاری کشتی نہایت سست رفتار سے چلی جا رہی تھی۔ ایک ادھیڑ مانجھی، اس کی بیوی، اس کا لڑکا لڑکی یا بہو ٹیڑھے نکیلے ڈانڈوں کی مدد سے اسے کھے رہے تھے۔ بڑھیا دُم پر بیٹھی ایک چھوٹے سے چپو کی مدد سے اسے سمت دے رہی تھی۔ ڈانڈ ندی میں گاڑ کر بقیہ تینوں ان پر زور دیتے ہوئے اوپر کو چلاتے تھے اور ان کے پیروں کے زور سے ناؤ آگے بڑھ رہی تھی۔ ڈانڈ چلانے والوں کے فرن پسینے میں شرابور تھے۔ نوجوان عورت کا گورا چہرہ میل اور پسینے سے کالا ہو گیا تھا اور فرن کے اندر نیلی پھٹی کرتی جھانک رہی تھی۔ بٹن لگانے کی اسے سدھ نہ تھی اور جب زور لگاتے ہوئے بوڑھا چلاتا "یو پیرا!" تو وہ اپنی ساس یا ماں کے ساتھ چلا اٹھتی "دستگیر!" اور جیسے انکا یہی سہارا ہو۔ پیر کا قصیدہ پڑھتے مشین کی سی رفتار سے ڈانڈ چلاتے ہوئے وہ چیونٹی کی سی چال سے کئی سو من لکڑی سے بھری وہ کشتی کھے رہے تھے۔ لیکن افسانہ نگار خاتون آنکھیں بند کیے پڑی تھی۔

دوسرے پل کے پار افسانہ نگار اچانک اٹھی۔ چلا کر اس نے شکارے والے سے کہا "تم نے دوسرے پل کا بازار نہیں دکھایا؟"

"ابھی دکھاتا ہے میم صاب۔"

"کہاں دکھاتا ہے۔ پل تو گزر گیا؟"

"ابھی دکھاتا ہے۔"

اور اس نے شکارے کو بائیں کنارے کی طرف موڑا اور ایک قبوئی تنگ گلی کی سیڑھیوں سے لگا دیا۔ سیڑھی سے شکارے کے چھونے سے پہلے ہی ایک شخص جو گھاٹ پر گلی کی ناک میں بگلے ایسا بیٹھا تھا اچھل کر اٹھا۔

"کچھ لکڑی اور پیپر میشی کا سامان دیکھے گا، صاب؟"

"ان پیپر میشی والوں نے پریشان کر دیا!" افسانہ نگار کے شوہر جو اپنی

بیوی کی چلاہٹ سے بیدار ہو گئے تھے ہنس کر بولے "جہاں جاؤ سگریٹ اور بیڑی بیچنے والے پیچھے پڑ جاتے ہیں۔" اور پھر اس شخص کی طرف مڑے "ہمیں لکڑی کا سامان چاہیے نہ بیڑی بیچنے والا، ہم تو بھائی تماشائی ہیں تماشائی۔"

لیکن جب وہ شکارے والے کے ساتھ اسی گلی کے ایک مکان میں داخل ہوئے تو وہی شخص ان کے آگے آگے تھا۔

"یہ کون سا بازار دکھا رہے ہو؟" شوہر نے شکارے والے سے پوچھا۔

"یہ بازار ہے؟" افسانہ نگار چلائی۔ وہ امرتسر کے دونوں طرف پُر رونق ہری سنگھ ہائی سٹریٹ کی طرح کے بازار کی توقع کرتی تھی۔

"چلئے تو صاحب!" شکارا والا جیسے اپنی آواز ہی سے انھیں آگے دھکیلتا ہوا بولا اور ان کے پاس سے ہو کر آگے آگے چلا۔

اور وہ اسکے پیچھے پیچھے پہلے ڈیوڑھی اور پھر آنگن سے ہوتے ہوئے دو سیڑھیاں چڑھ کر ایک کمرے کے آگے رک گئے۔ اندر وہی شخص کسی بڑے ہوئے مسلمان سیٹھ سے جس نے ڈوگرا حکومت کی نشانی کے طور پر پنڈتوں جیسی پگڑی باندھ رکھی تھی، کچھ بات کر رہا تھا۔ شکارے والا دروازے ہی میں رک گیا تھا۔ اس کے پیچھے افسانہ نگار کے شوہر، وہ خود اور اس کا بچہ رک گئے۔

افسانہ نگار کے شوہر کو محسوس ہوا کہ وہ سیٹھ کو بتا رہا ہے یہ لوگ محض تماشائی ہیں انھیں خریدنا وریدنا کچھ نہیں ہے۔ انکا اندازہ ٹھیک ہی تھا کیونکہ دوسرے ہی لمحہ اس سیٹھ نے اپنی بڑی بڑی مونچھوں میں قدرے ندامت کا اظہار کرتے ہوئے لڑکھڑاتی انگریزی میں کہا کہ ان کا منیجر باہر گیا ہوا ہے۔ شو روم کی چابی اسی کے پاس ہے اور وہ لوگ پھر کبھی فرصت میں آئیں۔

افسانہ نگار خاتون کے شوہر نے بھی انگریزی میں کہا کہ کوئی بات نہیں اور مڑ کر نیچے اتر گئے۔

تب شکارے والا بولا "چلئے آپ کو فیکٹری میں کام ہوتا ہوا دکھائیں"

خاب' اور میم صاب' کو خوش کرنے میں۔ وہ کوئی بھی کسر نہ اٹھا رکھنا چاہتا تھا۔ وہ آنگن کے دوسری طرف ایک کمرے کو جانے کے لیے سیڑھیاں چڑھا لیکن جلدی واپس مڑ آیا۔ معلوم ہوا فیکٹری بند ہے۔ دراصل اسی شخص نے کشمیری زبان میں چوکیدار کو فیکٹری دکھانے سے منع کر دیا تھا۔

ذلت اور جھنجھلاہٹ سے تن تناتی، پیر پٹکتی افسانہ نگار اپنے بچے اور شوہر سے پہلے آگے جا کر شکارے پر دھم سے گر گئی۔ اتنے زور سے کہ شکارا سیڑھی سے ہٹ گیا اور اس کے شوہر آ کر سیڑھیوں پر رک گئے۔ تب ان کے شوخ بچے نے شکارے کی رسّی پکڑ کر اسے کھینچنا چاہا۔ افسانہ نگار خاتون نے اسے ڈانٹا کہ وہ شکارے کو ہاتھ نہ لگائے نہیں تو دریا میں گر جائے گا۔ پھر جب شکارے والا آیا اور اس نے شکارا کھینچ کر باپ بیٹے کو بٹھایا تو وہ اس پر برس پڑی کہ اسکی بیوقوفی سے پل اتنا پیچھے چھوٹ گیا۔ وہ لوگ یہ گندی گلیاں اور سیڑھیاں دیکھ کر کیا کریں گے۔ دیسی دوکانیں تو بنڈ برا اور امیرا کدل میں بہت ہیں۔

شکارے والا لمبا آدمی تھا۔ شلوار، قمیص اور سر پر کشمیری ٹوپی اس نے پہن رکھی تھی۔ چہرے پر چیچک کے داغ اور آنکھوں میں بے بسی کے سائے تھے۔ اس نے بے بسی سے ذرا سا گردن ہلا کر کہا، "جانے، میم صاب' آپ کو آگے دکھاتا ہے"

"لیکن پل تو پیچھے رہ گیا۔"

"اگلے پل پر دکھائے گا۔"

اور شکارے کے کنارے کنارے قدم رکھتا ہوا۔ چھت کے بانسوں کو تھامتا ہوا وہ پیچھے چلا گیا۔ افسانہ نگار اور اس کے شوہر جھنجھلائے اکتائے شکارے کی فراخ، رنگین، گدے دار سپرنگ سیٹ پر دھنس گئے۔ بچہ بدستور نم پر بیٹھ کر ڈانڈ چلانے لگا۔ شکارا سیڑھیوں سے ہٹا اور لہر میں بہہ چلا۔

"اس کم بخت کو معلوم نہیں کہ مجھے نوٹ لینے ہیں۔ کہانی لکھنی ہے دوسرا

بازار بھی گذر گیا۔" افسانہ نگار بھائی اور راس نے آنکھیں بند کرلیں۔

جب ٹنکارے والے کی آواز پر اس نے آنکھیں کھولیں تو تیسرا پل گذر چکا تھا اور ٹنکارا ویسی ہی ایک گلی سے لگا ہوا تھا۔

"یہ بازار ہے؟ تم پھر گلی میں سے آئے؟" افسانہ نگار خاتون اٹھنے کی کوشش کئے بغیر چیخی۔

"چلئے، اوپر بڑی بھاری دکان ہے۔"

"دکان ہم نے بند پر بہت دیکھ لیں۔ ہمیں بازار دیکھنے ہیں۔ ہم نے تم سے پہلے ہی کہہ دیا تھا۔"

"میاں بازار یہی ہے۔ دکانیں دونوں کناروں پر ہیں۔ یہ خضر محمد کی دکان ہے۔ وہ دیکھئے ادھر سامنے کمپنی میڈ کا بورڈ لگا ہے۔ آگے اور دکانیں ہیں۔ ایسی ایک بھی دوکان بنڈ پر نہیں ہے"

"ہمیں یہ دوکانیں نہیں دیکھنی۔ پل کے دونوں طرف کی دوکانیں دیکھی ہیں۔ تم ہمیں دھوکے سے لے آئے ہو اور پریشان کر رہے ہو۔ ہمیں یہ سب نہیں دیکھنا۔ ہمیں واپس لے چلو۔"

لمبا ٹنکارے والا گلی کی سیڑھیوں پر آگیا تھا۔ افسانہ نگار خاتون اسی کو مخاطب کرکے ابل رہی تھی۔ اچانک پیچھے سے آواز آئی "چلئے واپس چلیں لیکن ہماری مزدوری ہو گئی۔"

"ہاں ہو گئی تمہاری مزدوری!" افسانہ نگار چیخی "ایک بازار نہیں دکھایا اور مزدوری ہو گئی! تم نے ہمیں سمجھا کیا ہے؟"

اب شوہر نامدار نے بھی اپنی بیوی کی مدد کو آنا مناسب سمجھا۔

"تم ہمیں انجان مسافر سمجھ کر دھوکے سے لے آئے ہو۔" انھوں نے کہا "تم نہیں جانتے ہم کون ہیں"۔

"آپ منسٹر بھی ہوں، ہمیں تو اپنی مزدوری سے غرض ہے"۔ نوجوان

بانجی نہیں شکارے کے لہجے سے لگا بولا۔

ہاں ہاں لینا مزدوری!" افسانہ نگار خاتون جھلائی "جیوے چلو واپس!"

لمبے چیچک رو بانجی نے معاملے کو سنبھالتے ہوئے کہا "بازار تو یہی ہے یہاں دیکھئے دونوں کناروں پر دکانوں کے بورڈ لگے ہیں"۔

"پل کے آر پار کیا ہے؟"

"دکانیں ہیں۔ یوں ہی سی' آپ کے دیکھنے لائق نہیں"۔

"ہم وہی دیکھنا چاہتے ہیں"۔

"اس طرح بازار دیکھنے کے لیے تو پورا دن چاہئے"۔ نوجوان بانجی بولا۔

"آپ کو تانگے پر آنا چاہئے تھا"۔

"تم بیچ میں کیوں بولتے ہو؟ تم سے بات نہیں ہوئی تم چپ رہو!" افسانہ نگار کے شوہر جھلائے۔

"ہمیں سارے بازار نہیں دیکھنے۔ بس ایک ایک نظر ڈالنی ہے۔ کچھ خرید و فروخت نہیں کرنی"۔ افسانہ نگار خاتون نے سمجھایا۔

"لیکن بازار تو شاہ ہمدان تک ایک ہی چلا گیا ہے ــــ اس میں اکا دکا دکانیں ہیں"۔ نوجوان بانجی بولا۔

بھیڑ' گندگی اور کثافت کے خوف سے افسانہ نگار خاتون شہر سری نگر کے اندرونی حصے میں کبھی نہ گئی تھی وہ یہ نہ جانتی تھی کہ جہلم کے ساتھ ایک ہی بازار چھٹے پل تک چلا گیا ہے اور جہاں جو گلی محلہ یا گھاٹ ہوتا ہے وہیں بازار کا وہ نام ہو جاتا ہے۔ اس کا خیال تھا کہ امیرا کدل کی ہری سنگھ ہائی سٹریٹ کی طرح بقیہ چھ پلوں پر بھی برابر بازار ہیں شکارے والا جھوٹ بول رہا ہے اور ٹال رہا ہے۔

"اچھا یہ دکان دیکھ لیجئے پھر اگلے پل پر بازار دکھائیں گے"۔ لمبے بانجی نے کہا۔

اس دوران گلی کے پہلے مکان کے اندر سے بھی ایک آدمی نکل آیا جوان

بے تشریف لانے کا اصرار کرنے لگا۔ افسانہ نگار کے شوہر نے بھی کہا کہ آئے ہیں تو دیکھتے چلیں۔ آخر افسانہ نگار اٹھی۔

لیکن وہ دکان صرف دکان نہ تھی پورا ایمپوریم تھا۔ اندر آنگن کے ایک کمرے میں جا کر اس آدمی نے کسی سے کچھ کہا اور ہڑبڑائے ہوئے گورے رنگ کے ایک سیٹھ، کنجیوں کا گچھا لیے انھیں اوپر لے گئے۔

آنگن پر چھائی ہوئی تنگ سی لمبی گیلری سے ہوتے ہوئے (جہاں دیوار پر ایک کے بعد ایک سرٹیفکٹ لگا ہوا تھا) وہ ایک بڑے ہال میں پہونچے جہاں چاندی کا سامان سجا ہوا تھا۔ فن کے اتنے نادر اور بیش قیمت نمونے بڑی ہوشیاری سے میز اور شیلفوں پر رکھے تھے کہ انکی آنکھیں حیران و ششدر رہ گئیں۔ پھر وہ سیٹھ انھیں دوسرے ہال میں لے گیا جہاں وڈکٹ اور پیپر میشی کا ایسا سامان پڑا تھا جو یقیناً سرکاری ایمپوریم میں بھی دستیاب نہ تھا۔ تیسرا ہال غالیچوں سے بھرا تھا۔ نیچے فرش پر ایک ہی غالیچہ بچھا ہوا تھا۔ دیواریں غالیچوں سے ڈھکی تھیں اور کونے میں گول کر کے رکھے ہوئے غالیچوں کا ڈھیر تھا۔ چوتھے کمرے میں اون اور سلک کا سامان تھا، شال، دوشالے کیپ ڈریسنگ گاؤن، سلک کے پلنگ پوش، میز پوش، ٹی سیٹ وغیرہ وغیرہ.......

لیکن ان سب خوبصورت اور بیش قیمت فن کے نمونوں کو دیکھ کر افسانہ نگار خاتون باہر آئی تو اور بھی غمگین، اداس اور جھنجلائی ہوئی تھی۔

ہوا یہ ہے کہ اتنی ساری خوبصورت اور بیش قیمت چیزوں کو دیکھ کر اس کا دل بھی خود کچھ خریدنے کو ہو آیا۔ چاندی کی اشیا کے شو روم میں اس نے ایک چھوٹی سی سرمہ دانی پسند کی۔ اس کے شوہر نے دام پوچھا تو معلوم ہوا بیس روپیہ ہے۔ تب اس نے کہا کہ دوسری چیزیں دیکھ لو پھر اس کی بات کریں گے وڈکٹ اور پیپر میشی کے کمرے میں اسے ایک چھوٹی سی ٹرے اور ٹائلیٹ سیٹ

اچھا لگا، قیمت آٹھ روپے۔ شوہر نے اس کے کان میں کہا، باندھ اور امیرا کدل کی دوکانوں پر یہ دونوں چیزیں ساڑھے تین روپے میں مل جائیں گی۔ غالیچوں والے ہال میں اس نے ایک چھوٹی سی دری جیسے غالیچے کا دام پوچھا۔ معلوم ہوا ڈیڑھ سو روپیہ۔ شال دوشالے والے کمرے میں اسے ایک کابلی شال پسند آئی، لیکن اس کے شوہر نے کہا کہ آج وہ نوٹ لے لے ابھی چار پُل باقی ہیں، وہ بازار بھی دیکھنا چاہتی ہے۔ اور وہ سیٹھ سے پھر آنے کی بات کہہ کر باہر نکل آئے۔

شکارے میں بیٹھے تو چوتھے پُل کو جانے کی بجائے وہ سامنے کنارے کی طرف بڑھا۔

"ادھر کیوں جا رہے ہو؟" وہ چیخی۔

"گینی میڈ بھی دیکھ لیجیے۔"

"وہ کیا ہے؟"

"وڈ کٹ کی دوکان اور کارخانہ ہے وہاں لکڑی کا سامان بنتا ہے۔"

"ہم کو نہیں دیکھنا۔" وہ شکارے والے سے بولی۔ پھر اس نے اپنے شوہر سے کہا "ان کمبختوں کو کمیشن ملتا ہے۔ بازار دکھانے کے بدلے دوکان میں لے جاتے ہیں۔"

"چلو دیکھ آئیں کیسے اس طرح کی باریک نقاشی دار بڑھیا چیزیں بناتے ہیں" اس کے شوہر نے کہا۔

اور شکارا دوسرے کونے جانے لگا۔

گینی میڈ میں لکڑی کا سامان تو خضر محمد والوں سے عمدہ نہ تھا لیکن وہاں کارخانہ انھیں دیکھنے کو مل گیا۔ سیڑھیوں کے دوسری طرف ایک بڑے سے کھلے کمرے میں کاریگر بیٹھے کام کر رہے تھے۔ ایک بوڑھا کاریگر جس کے سر پر کئی جگہ سے بال اڑ جانے کے سبب چکتے پڑ گئے تھے اور کھوپڑی دکھائی دینے لگی تھی۔ آنکھوں پر چشمہ لگائے ایک بڑی گول میز پر پتلی سی رخانی کی مدد سے

ایک چینی اژدہا بنا رہا تھا۔

"کتنا وقت لگے گا تمہیں اسے ختم کرنے میں۔" شوہر بولے۔

"ستر دن بھی لگ سکتے ہیں۔ اسی بھی۔ نوے بھی۔"

"کتنے میں بکے گا؟"

"تین سو میں بھی بک سکتا ہے۔ چار سو میں بھی، پانچ سو میں بھی جتنے میں مالک بیچ سکیں۔"

افسانہ نگار خاتون کے کاروباری شوہر نے تین سو اور پانچ سو کے فاصلے بڑے فرق کا اندازہ لگایا اور یہ سوچکر انھیں تکلیف پہونچی کہ اس کاروبار میں اتنا زیادہ منافع ہے لیکن وہ سب کمانا ان کے نصیب میں نہیں۔ لمحہ بھر رک کر انھوں نے پوچھا "تمہیں کیا ملے گا؟"

"ڈیڑھ روپیہ روزانہ!"

دبی ہوئی سانس ان کے ہونٹوں سے نکل گئی کتنی لاگت اور کتنا منافع پھر وہ دوسری طرف مڑے۔

ادھر تیار شدہ چیزوں پر پالش ہو رہی تھی۔ در حقیقت پالش تو ہو چکی تھی۔ دو کاریگر کپڑے سے مل کر انھیں چمکا رہے تھے۔ ان کے ہاتھ اور منھ لال گیروے رنگ اور میل سے کثیف ہو رہے تھے۔

تیسری طرف لمبی لمبی گردن بڑھائے اڑتے ہوئے سارس تیار پڑے تھے۔ ایک آدمی ان پر پالش کر رہا تھا۔ چاروں طرف میلے پھٹے پرانے کپڑے پہنے بھوکے سوکھے جسم لئے، اپنے پیدائشی گورے رنگ کو میل سے ڈھنکے کاریگر بے مثال حسن کی تخلیق کر رہے تھے.....

لیکن کمرے کے وسط میں تین لکڑیاں ایک دوسری کے سہارے کھڑی تھیں جنکے درمیان ایک کالا سیاہ ڈبہ لٹک رہا تھا۔ اس کے نیچے آگ سلگ رہی تھی۔ ڈبے میں سریش گرم ہو رہا تھا اور سلگتی لکڑیوں سے ہلکا سا کڑوا دھواں

اٹھ کر سارے کمرے میں پھیل رہا تھا۔ افسانہ نگار خاتون کی آنکھوں سے پانی بہنے لگا۔ اسے وہاں کچھ بھی دیکھنے لائق دکھائی نہ دیا۔ اس نے بڑھ کر اپنے شوہر کا ہاتھ پکڑا اور بولی "اب چلئے بھی، دیر ہو رہی ہے۔"

"میں نے سوچا تم نوٹ لوگی۔" شوہر نے کہنا چاہا۔

"یہاں کیا ہے؟" افسانہ نگار نے تیوری چڑھاتے ہوئے کہا "دھوئیں کے مارے آنکھیں جلنے لگیں۔"

اور وہ اپنے شوہر کو کھینچتی ہوئی باہر سیڑھیوں تک لے گئی۔ اس کا بچہ دوسرے کمرے میں چیزوں کو چھیڑ رہا تھا۔ اس نے ڈانٹ کر اسے بلایا اور باپ بیٹا اس کے پیچھے سیڑھیاں اترے۔

وہ جا کر شکارے میں بیٹھے تو افسانہ نگار اتنی اداس غمگین اور جھنجلائی ہوئی تھی کہ وہ لیٹی بھی نہیں گھٹنوں پر کہنیاں ٹکائے ہاتھوں پر ٹھوڑی رکھے وہ بیٹھی رہی۔ تیسرے پل کے بعد پلوں کے درمیان زیادہ فاصلہ نہیں تھا۔ چوتھے پل سے پہلے ہی اس نے شور مچانا شروع کر دیا کہ شکارا رو کو! ہمیں بازار دیکھنا ہے اور شکارا پل کے پار ایک تنگ گھاٹ پر رک گیا۔ بے حد تنگ، گندی سلی سیڑھیوں پر چڑھ کر وہ بازار میں آئے۔ چھوٹا سا لیکن بھرا پورا بازار تھا۔ سامنے ہی سماوار بکتے تھے۔ افسانہ نگار خاتون واپس جاتے وقت ایک سماوار بھی لے جانا چاہتی تھی۔ تاکہ پکنک یا اچانک ضرورت پڑ جانے پر چائے بنانے میں آسانی رہے۔ اس نے قیمت پوچھی۔ بڑے سماوار سات روپے سیر تھے اور چھوٹے، جن پر کچھ کام بھی تھا، آٹھ روپے سیر! لیکن سماوار تلنے کے تھے اور ان پر قلعی کی گئی تھی۔ اس نے شوہر کو حکم دیا کہ وہ امیرا کدل وغیرہ میں پوچھیں، اگر پیتل کا نہ ملے تو یہاں سے ایک تانبے کا ہی لے جائیں۔

اسکے شوہر نے 'ہاں'، 'نا' کسی طرح کا جواب نہیں دیا۔ اونگھتے ہوئے وہ اسکے ساتھ ساتھ بازار کے موڑ تک گئے۔ سماوار والے کے علاوہ پھل

والے ازار بند اور ٹوپیوں والے موٹا کپڑا بیچنے والے، پتھر گڑھنے والے، گلٹ کے زیورات چاندی کے بنا کر بیچنے والے اور ایسے ہی چھٹ پُٹ دھندے والوں کی دوکانیں تھیں۔

وہ پتھر والے اور چاندی کے زیورات کی دوکان والے کے ہاں بھی رکے پتھر والا لکڑی کی سان پر چھوٹے سے پتھر کو جلا دے رہا تھا دھو کر اس نے انھیں دکھایا۔ پتھر میں تپے کے نشان تھے۔ پوچھنے پر اس نے پتھر کا ایک ٹکڑا بھی دکھایا جس پر بیل بنی تھی۔ اسی کو تار سے کاٹ کر اور سان پر گھس کر وہ نگینہ بنا رہا تھا کئی طرح کے پتھر اس نے انھیں دکھائے۔ افسانہ نگار خاتون نے پہلی بار اپنی کاپی پر کچھ ضروری نوٹ لیے لڑکا آڑوؤں کے لیے مچل رہا تھا۔ اس کو اس نے ڈانٹ دیا۔ جب اس نے ایک نگینہ خریدنے کی خواہش ظاہر کی تو شوہر نے انگریزی میں کہا کہ یہ لوگ دام بہت زیادہ بتاتے ہیں۔ مول بھاؤ میں بہت دیر ہو جائیگی ابھی تین پُل اور دیکھنے کو باقی ہیں۔ یہی بات انھوں نے گہنوں والی دوکان پر دہرائی۔ تب نوٹ لینا چھوڑ کر افسانہ نگار خاتون تنِ تنائی ہوئی واپس چل دی۔ شوہر بچے کو پھل لیکر دینے کے لیے رک گئے۔

جب وہ رس بھرے آڑو دکھاتے ہوئے واپس پہنچے اور انھوں نے آڑو اسے بھی پیش کئے تو اس نے یکسر انکار کر دیا اور چلائی کہ جلد بیٹھیں تاکہ یہ واہیات سیر ختم کی جائے۔

بازار ہی سے پتہ چل گیا تھا کہ پانچویں پل پر کوئی دکان نہیں۔ اس لیے وہ خاموش رہی۔

چھٹے پر وہ امید کر رہی تھی کہ مانجی شکارا روکے گا لیکن جب پل کے پار کافی دور نکل آنے پر بھی وہ نہیں رکا تو وہ چلائی۔

"حضور یہاں بھی ویسی ہی دکانیں ہیں۔"

"ویسی ہی ہیں تو کیا، ہم ایک نظر دیکھتے۔"

"حضور ویسی ہی دو کانیں ہیں"۔ شکارے والے نے پھر وہی بات دہرادی اور برابر شکارا چلاتا رہا۔ افسانہ نگار بڑبڑاتی رہی اور انگریزی میں گالیاں دیتی رہی۔

ساتویں پل کے ادھر دور ہی سے شکارے والے نے کہا "وہ ساتواں پل ہے۔"

"اس کے اس پار کیا ہے"۔

اس پار دڑ باندھ تھا جو قابلِ دید ہے لیکن باجی چڑھا ہوا تھا بولا "اس پار کچھ نہیں پانی کھیتوں کو نکل جاتا ہے"۔

"ہم بازار دیکھیں گے"۔

"وہاں دوکانیں نہیں!"

"ہم نے پوچھا تھا ہیں"۔

"چلیئے دکھاتا ہوں۔"

لیکن آگے جانے کی بجائے اس نے بائیں طرف دریا سے نکلنے والے ایک نالے میں شکارا موڑ دیا۔ جب افسانہ نگار خاتون پھر چلائی تو پھر اس نے وہی جملہ دہرادیا "چلیئے دکھاتا ہوں۔"

بظاہر افسانہ نگار خاتون کی وہ سنک شکارے والے کی سمجھ سے بعید تھی۔ افسانہ نگار گویا بازار دیکھنے کی ضد ہو گئی تھی۔ شوہر کی کنجوسی، بچے کی شوخی، باجی کی بیوقوفی، جیسے اس سب کا غصہ وہ بازار دیکھنے کی رٹ پر نکال رہی تھی۔

لیکن جب وہ کافی دور نکل آئے اور اوپر سے چھوٹے دو پل بھی گذر گئے جن پر کچھ دوکانیں بھی دکھائی دیں تو افسانہ نگار خاتون کے غصے کی انتہا نہ رہی۔ وہ زور زور سے چلانے لگی۔ تب شکارے والے نے ایک گھاٹ پر شکارا روک دیا۔ وہ ایک تنگ اور گندے راستے سے اوپر چڑھے اور ایک بازار میں آگئے۔ بازار میں کچھ دوکانیں تھیں۔ سامنے ڈونگوں والے کی ایک دوکان تھی جس پر بیٹھے ایک شخص نے شرارت سے پوچھا "کہیئے بابوجی لیں

گے قراقلی ٹوپی؟"

برابر میں ٹوپیوں کی دو ایک دوکانوں کے علاوہ ایک آدھ کرانے اور بکری والے کی دوکان بھی تھی اس کے بعد گلی سنسان تھی۔

افسانہ نگار خاتون نے پوچھا "یہ ساتویں پل کا بازار ہے!" ایک دوکاندار سے بازار کا نام پوچھا۔

"نیا بازار"۔

اور وہ چلائی "یہ تم ہمیں کہاں سے آئے ہو؟"

نہایت پرسکون لہجے میں باجی نے جواب دیا "بازار میں!"

"لیکن ہم ساتویں پل کا بازار دیکھنا چاہتے ہیں"۔

وہ بھی ایسا ہی ہے۔ ایسی ہی دو چار دوکانیں وہاں ہیں۔ اور اس نے سر ہلایا کہ کن خبطیوں سے پالا پڑ گیا ہے جو اتنی سی بات بھی نہیں سمجھتے۔

لیکن افسانہ نگار چیخی "ہم یہ بازار نہیں دیکھنا چاہتے۔ ہم واپس جائیں گے۔

"تکارا آگے گیا ہے، ادھر آئیے"۔ مجبور ہو کر اس نے کہا اور وہ دائیں طرف کو چلا۔

ایک سنسان سے بازار میں، جس میں کبھی کوئی ایک آدھ دوکان دکھائی دے جاتی تھی وہ لوگ دور تک چلتے گئے یہاں تک کہ افسانہ نگار خاتون کے صبر کا پیمانہ لبریز ہو گیا اور وہ چلائی "تکارا نہیں ملتا تو ہم تانگے پر چلے جاتے ہیں"۔

بائیں طرف کے ایک مکان سے ملحق بڑا سا کشادہ احاطہ تھا جس سے پرے لگتا تھا کہ نالا ہے۔ تکارے والا ادھر سے تکارا دیکھنے گیا۔

"اس حرامزادے کو جوتے مارنے چاہئے"۔ افسانہ نگار خاتون نے دانت پیستے ہوئے کہا "یہ ہمیں چالاکی سے واپس لے آیا ہے"۔

"خیر تم غصہ نہ کرو" اس کے شوہر اسے تسلی دیتے ہوئے بولے "دو روپے میں اس نے پھر بھی ہمیں کافی سیر کرا دی ہے۔ پرسوں ساڑھے تین دیئے تھے

اور پانچویں پل تک بھی نہ پہونچ سکے تھے۔"

لیکن افسانہ نگار بدستور بھنائی رہی۔ شکارے والے نے آکر بتایا کہ ذرا اور آگے جانا پڑے گا۔ شکارا آگے نکل گیا ہے اور وہ بھاگا۔

"اس حرامزادے کو سو جوتے لگانے چاہئیں" افسانہ نگار خاتون نے پھر دانت پیس کر اپنے شوہر سے کہا۔

کچھ اور آگے جاکر وہ لوگ بائیں طرف مڑے۔ نیچے نالے میں لکڑی کے بڑے بڑے لٹھے بندھے پڑے تھے۔ وہیں وہ نوجوان شکارے والے ڈونگے کے نم پر بیٹھے ایک شخص سے باتیں کر رہا تھا اور دونوں حقہ پینے میں مگن تھے۔

وہ لوگ جاکر شکارے میں بیٹھ گئے۔ لیکن نوجوان شکارے والا بدستور باتیں کرتا رہا۔

تب افسانہ نگار خاتون چلائی "اب چلو بھی جلدی!"

شکارا چلا تو افسانہ نگار خاتون کے شوہر بڑے اطمینان سے لیٹ گئے انھوں نے پھر بڑے اطمینان سے انگریزی میں کہا "دو روپیوں میں ان کمبختوں نے ہمیں بہت سیر کرا دی ہے!"

لیکن افسانہ نگار خاتون بدستور گھٹنوں پر کہنیاں رکھے غیر مطمئن، خاموش اور بیزار بیٹھی رہی۔

نالے نالے چلتے ہوئے وہ جلدی ہی واپس سکریٹریٹ کے پاس آنکلے۔ سامنے امیرا کدل دکھائی دے رہا تھا۔ افسانہ نگار خاتون چاہتی تھی کہ شکارا اڑ چلے اور وہ آرام سے جاکر چائے کے گرم گرم پیالے کے ساتھ ایسپرو کی دو گولیاں لے اور بستر پر دراز ہو جائے!

لیکن شکارے والے ایک ڈونگے کے پاس جاکر رک گئے۔ اور حقہ بھرنے لگے۔

"جلدی چلو!" افسانہ نگار خاتون نے کہا "سارا دن برباد کر دیا تم نے۔"

لیکن وہ لوگ بڑے اطمینان سے ڈونگے والے سے آگ لیکر حقے میں بھرتے

رہے۔

تبھی کنارے پر ٹہلتے ہوئے کچھ بچوں نے شکارے کے نم پر بیٹھے، ڈانڈ چلاتے ہوئے بچے کو ڈرایا۔ وہ انکے مقابلے میں ڈانڈ لیکر اٹھ کھڑا ہوا۔ ڈانڈ کو پانی میں ڈال کے اس نے پانی کی بوچھار ان پر چھوڑ دی اور اس کوشش میں وہ گرتے گرتے کو ہو گیا۔

"آ تو موئے، میں تجھے ہی پہلے ٹھیک کر دوں ...."

دانت پیستی ہوئی افسانہ نگار خاتون نہایت غضب میں تمتما کر اٹھی اور اپنی تمام مایوسی جھنجھلاہٹ اور غصہ ایک روز دار لات کی صورت میں بچے پر نکال دیا۔

بچے کے ہاتھ میں ڈانڈ تھا۔ لات کھا کر وہ سنبھل نہ سکا اور چھپ سے پانی میں جا گرا۔

اس کے شوہر اچھل کر اٹھے۔ شکارے والے نے ایک نظر جس میں نہ جانے غصہ تھا، حقارت تھی یا انتقام لینے کا جذبہ (کیونکہ انگریزوں کے ساتھ رہنے کی وجہ سے وہ انگریزی گالیاں سمجھتا تھا) افسانہ نگار خاتون پر ڈالی۔ پھر سر کو ذرا سا جھٹکا دیکر وہ پانی میں کود گیا اور دوسرے ہی لمحے اس نے ڈوبتے ہوئے بچے کو ہاتھ سے پانی کے اوپر اٹھا لیا۔

•••

ڈاچی

○○○

کاٹھ[1] بی سکندر کے مسلمان جاٹ باقر کو اپنے مال کی طرف حریصانہ نگاہوں سے تاکتے ہوئے دیکھ کر اوکانہہ[2] کے گھنے درخت سے پیٹھ لگائے نیم غنودگی سی حالت میں بیٹھا چودھری نندو اپنی اونچی گھگھراتی آواز میں للکار اٹھا ــــ
"رے رے آ ٹھے کے کرے ہے[3]؟" اور اس کا چھ فٹ لمبا لحیم شحیم جسم تن ہو گیا اور بٹن ٹوٹ جانے کی وجہ سے موٹی کھادی کے کرتے سے اس کا چوڑا چکلا سینہ اور مضبوط کندھے صاف دکھائی دینے لگے۔

باقر ذرا نزدیک آگیا۔ گرد سے بھری ہوئی نکیلی داڑھی اور شرعی مونچھوں کے اوپر گڑھوں میں دھنسی ہوئی دو آنکھوں میں ایک لمحہ کے لیے چمک پیدا ہوئی اور ذرا سا مسکرا کر اس نے کہا۔ "ڈاچی دیکھ رہا تھا چودھری کیسی خوبصورت اور جوان ہے دیکھ کر بھوک مٹتی ہے"۔

اپنے مال کی تعریف سن کر چودھری نندو کا تناؤ کچھ کم ہوا۔ خوش ہو کر بولا "کسی سانڈ؟"[4]

---

[1]: بہاول نگر کے ریگستان میں سرکیوں کی جھونپڑیوں کا گاؤں۔ [2]: ایک مقامی درخت
[3]: ارے یہاں کیا کر رہا ہے [4]: کونسی ڈاچی

"وہ پرے ہے چودھری!" باقر نے اشارہ کرتے ہوئے کہا۔

اوکانہہ کے ایک گھنے پیڑ کے سائے میں آٹھ دس اونٹ بندھے تھے۔ انھیں میں وہ جوان سانڈنی اپنی لمبی، خوبصورت اور سڈول گردن بڑھائے۔ ٹیوں میں منہ مار رہی تھی۔ مال منڈی میں دور ـــــ جہاں تک نظر کام کرتی تھی، بڑے اونچے اونٹوں خوبصورت سانڈنیوں، کالی موٹی بے ڈول بھینسوں اور گایوں کے سوا کچھ نظر نہ آتا تھا۔ گدھے بھی تھے لیکن نہ ہونے کے برابر زیادہ تر تو اونٹ ہی تھے۔ بہاول نگر کے ریگستانی علاقے میں ان کی اکثریت ہے بھی قدرتی۔ اونٹ ریگستان کا جانور ہے۔ اس تپتے ریتیلے علاقہ میں آمد ورفت، کھیتی باڑی اور باربرداری کا کام اسی سے ہوتا ہے۔ پرانے وقتوں میں جب گائیں دس دس اور بیل پندرہ پندرہ روپے میں مل جاتے تھے تب بھی اچھا اونٹ پچاس سے کم ہاتھ نہ آتا تھا اور اب بھی جب اس علاقے میں نہر آگئی ہے اور پانی کی اتنی قلت نہیں رہی، اونٹ کی وقعت کم نہیں ہوئی، بلکہ بڑھی ہی ہے اور سواری کے اونٹ ڈیڑھ ڈیڑھ سو سے تین تین سو تک پائے جاتے ہیں اور باہی اور باربرداری کے بھی اسی، سو سے کم ہاتھ نہیں آتے۔

ذرا اور آگے بڑھ کر باقر نے کہا ـــــ "سچ کہتا ہوں چودھری، اس جیسی خوبصورت سانڈنی مجھے ساری منڈی میں دکھائی نہیں دیتی!"

مسرت سے نندو کا سینہ دگنا ہو گیا۔ بولا ـــــ آ ایک ہی ٹے کے ایہہ تو سگلی بھوٹری ہیں۔ ہوں تو انھیں چارہ بھونسی۔ نیریا کردوں۔"(1)

آہستہ سے باقر نے پوچھا ـــــ "بیچو گے اسے؟"

"اٹھئی بیچنے لئی تو لایا ہوں!"(2) نندو نے ذرا نرمی سے کہا۔

---

(1) یہی کیا سبھی خوبصورت ہیں ان کو چارہ بھوسی دیتا ہوں۔

(2) یہاں بیچنے کے لیے تو لایا ہوں

"تو پھر بتاؤ کتنے کو دو گے؟" باقر نے پوچھا۔

نندو نے باقر پر سر سے پاؤں تک ایک نگاہ ڈالی اور ہنستے ہوئے بولا۔

مسے [1] چاہی ہے، کا تیرے دھنی بیٹی مول لیسی؟"

"مجھے چاہئے!" باقر نے ذرا سختی سے کہا۔

نندو نے بے پروائی سے سر ہلا دیا۔ اس مزدور کی یہ بساط کہ ایسی خوبصورت ڈاچی مول لے بولا۔ "توں کی لیسی [2]!"

باقر کی جیب میں پڑے ہوئے ڈیڑھ سو کے نوٹ جیسے باہر اچھل پڑنے کو بے قرار ہو اٹھے۔ ذرا جوش سے اس نے کہا! "تمہیں اس سے کیا کوئی سے، تمہیں تو اپنی قیمت سے غرض ہے، تم مول بتاؤ۔"

نندو نے اس کے بوسیدہ کپڑوں، گھٹنوں سے اوپر اٹھے ہوئے تہ بند اور جیسے نوح کے وقت سے بھی پرانے جوتے کو دیکھتے ہوئے ٹالنے کی غرض سے کہا۔ "جا تو اشی دشی مول لے آ، ای اینگو مول تو آٹھ بیسی سوں گھاٹ کے نہیں [3]"

ایک لمحہ کے لئے باقر کے تھکے جسم میں مسرت کی لہر دوڑ گئی۔ اسے ڈر تھا کہ چودھری کہیں اتنا مول نہ بتادے جو اس کی بساط سے باہر ہو لیکن جب اپنی زبان سے ہی اس نے ایک سو ساٹھ بتائے تو اس کی خوشی کا ٹھکانہ نہ رہا ایک سو پچاس تو اس کے پاس تھے ہی اگر اتنے پر بھی چودھری نہ مانا تو دس روپے کا اس سے ادھار کرے گا۔ بھاؤ تاؤ تو اسے کرنا آتا نہ تھا۔ جھٹ سے ڈیڑھ سو کے نوٹ نکالے اور نندو کے آگے پھینک دیئے بولا گن لو۔ ان سے زیادہ میرے پاس ایک پائی نہیں ہے۔ اب آگے

---

[1] تجھے چاہئے یا اپنے مالک کیلئے خرید رہا ہے۔

[2] تو کیا لے گا۔

[3] جا تو کوئی ایسی دیسی خریدلے۔ اسکا مول تو ایک سو ساٹھ سے کم نہیں۔

تمہاری مرضی"

نند و نے با دل ناخواستہ نوٹ گننے شروع کیے۔ لیکن گنتی ختم ہوتے ہی اس کی آنکھیں چمک اٹھیں۔ اس نے تو باقر کو محض ٹالنے کی غرض سے مول ایک سو ساٹھ بتایا تھا ورنہ اس سانڈنی کے تو ایک سو چالیس پانے کا خیال بھی اسے خواب میں نہیں آیا تھا لیکن دل کی خوشی کو دل ہی میں دباکر، جیسے باقر پر احسان کا بوجھ لادتے ہوئے نند و بولا ــ "سانڈ نو میری دو سو کی ہے پن جا سگی مول یہاں تنے دس چھانڈیا"[1]۔ اور یہ کہتے کہتے اس نے اٹھ کر سانڈنی کی رسی باقر کے ہاتھ میں دے دی۔

ایک لمحہ کے لیے اس وحشی صفت انسان کا دل بھی بھر آیا۔ یہ سانڈنی اس کے یہاں ہی پیدا ہوئی اور پلی تھی۔ آج پال پوس کر اسے دوسرے کے ہاتھ میں سونپتے ہوئے اس کے دل کی کچھ ایسی کیفیت تھی جو لڑکی کو سسرال بھیجتے وقت باپ کی ہوتی ہے۔ آواز اور لہجے کو ذرا نرم کر کے اس نے کہا ــ "آ سانڈ سوہری رہیڑی ہے۔ تو اٹھیں رہٹری میں نہ گرد ہیں"[2]۔ ایسے ہی جیسے خسر داماد سے کہہ رہا ہو میری لڑکی لاڈوں پلی ہے دیکھنا اسے تکلیف نہ ہو۔

خوشی کے پروں پر اڑتے ہوئے باقر نے کہا: "تم فکر نہ کرو جان دے کر پالوں گا"۔

نند و نے نوٹ انٹی میں سنبھالتے ہوئے جیسے سوکھے گلے کو ذرا تر کرنے کے لیے گھڑے سے مٹی کا پیالہ بھرا۔ منڈی میں چاروں طرف دھول اڑ رہی تھی۔ شہروں کی مال منڈیوں میں کبھی، جہاں بنسوں عارضی نلکے لگ جاتے ہیں اور سارا سارا دن چھڑکاؤ ہوتا رہتا ہے۔ دھول کی کمی نہیں

[1] سانڈنی تو میری دو سو کی ہے۔ لیکن جا پوری قیمت میں سے تمہارے دس کم کر دیئے۔
[2] یہ سانڈنی لاڈوں پلی ہے۔ تو اسے کوڑے ہی میں نہ ڈال دینا۔

ہوتی. پھر اس ریگستان کی منڈی میں تو دھول ہی کی سلطنت تھی ـــ گنے والے کی گنڈیریوں پر، حلوائی کے حلوے اور جلیبیوں پر اور خونچے والے کے دہی پکوڑی پر، غرض سب جگہ دھول ہی دھول نظر آتی تھی پھڑے کا پانی ٹانچوں کے ذریعے جہر سے لایا گیا تھا۔ لیکن یہاں آتے آتے کیچڑ جیسا گدلا ہو گیا تھا۔ نندو کا خیال تھا نتھرنے پر پیے گا. گلا کچھ سوکھ رہا تھا، ایک ہی گھونٹ میں پیالے کو ختم کر کے نندو نے اس سے بھی پینے کو کہا۔ باقر آیا تھا تو اس غضب کی پیاس لگی تھی. پر اب اسے پانی پینے کی فرصت کہاں! رات ہونے سے پہلے پہلے وہ اپنے گاؤں پہونچ جانا چاہتا تھا۔ ڈاچی کی رسی پکڑے ہوئے گرد و غبار کو جیسے چیرتا ہوا وہ چل پڑا۔

○

باقر کے دل میں عرصے سے ایک جوان اور خوبصورت ڈاچی خریدنے کی آرزو تھی۔ ذات سے وہ کمین تھا۔ اس کے آبا و اجداد کمہاروں کا کام کرتے تھے۔ لیکن اس کے باپ نے اپنا قدیم پیشہ چھوڑ کر مزدوری سے اپنا پیٹ پالنا شروع کر دیا تھا اور باقر بھی اسی پیشہ کو اختیار کیے ہوئے تھا۔ مزدوری وہ زیادہ کرتا ہو ایسی بات نہ تھی. کام سے ہمیشہ اس نے جی چرایا تھا اور چراتا بھی کیوں نہ؟ جب اس کی بیوی اس سے دو گنا کام کر کے اس کے بوجھ کو بٹانے اور اسے آرام پہونچانے کے لیے موجود تھی. کنبہ بڑا تھا نہیں۔ ایک وہ ایک اس کی بیوی اور ایک ننھی سی بچی. پھر کس کے لیے وہ جی ہلکان کرتا؟ لیکن فلک بے پیر ـــ اس نے اسے سکھ سے نہ بیٹھنے دیا۔ اس کی نیند کو بیدار کر کے اسے اپنی ذمہ داری محسوس کرنے کے لیے مجبور کر دیا۔ اسے بتا دیا کہ زندگی میں سکھ ہی نہیں، آرام ہی نہیں، دکھ بھی ہے، محنت بھی ہے اور مشقت بھی ہے۔

پانچ سال ہوئے اس کی وہی آرام دینے والی عزیز بیوی، گڑیا سی ایک لڑکی کو چھوڑ کر اس جہاں سے رحلت کر گئی مرتے وقت اپنے سب موز کو اپنی پھیکی اور اداس آنکھوں میں بھر کر اس نے باقر سے کہا تھا۔ "میری رضیہ اب تمہارے حوالے ہے۔ اسے تکلیف نہ ہونے دینا۔" اور اسی ایک فقرے نے باقر کی تمام زندگی کے رخ کو پلٹ دیا تھا۔ اپنی شریک حیات کی وفات کے بعد وہ اپنی بیوہ بہن کو اس کے گاؤں سے لے آیا تھا اور اپنی آلس اور غفلت کو چھوڑ کر اپنی مرحوم بیوی کی آخری آرزو پورا کرنے میں جی جان سے منہمک ہو گیا تھا۔

یہ ممکن بھی کیسے تھا کہ اپنی بیوی کی، اپنی اس بیوی کا ــــ جسے وہ روح کی گہرائیوں کے ساتھ محبت کرتا تھا۔ جس کی موت کا غم اس کے دل کے، نامعلوم پردوں تک چھا گیا تھا۔ جس کے بعد عمر ہونے پر بھی، مذہب کی طرف سے اجازت ہونے پر بھی، رشتہ داروں کے مجبور کرنے پر بھی، اس نے دوسری شادی نہ کی تھی۔ اپنی اسی بیوی کی آخری خواہش کو بھلا دیتا۔

وہ دن رات جی توڑ کر کام کرتا تھا تاکہ اپنی مرحوم بیوی کی اس امانت کو، اپنی اس ننھی سی گڑیا کو طرح طرح کی چیزیں لا کر دے سکے جب بھی کبھی وہ منڈی سے آتا ننھی رضیہ اس کی ٹانگوں سے لپٹ جاتی اور اپنی بڑی بڑی آنکھیں اس کے گرد سے اٹے ہوئے چہرے پر جما کر پوچھتی۔ "ابا میرے لیے کیا لائے ہو؟" تو وہ اسے اپنی گود میں لے لیتا اور کبھی مٹھائی اور کبھی کھلونوں سے اس کی جھولی بھر دیتا۔ تب رضیہ اس کی گود سے اتر جاتی اور اپنی سہیلیوں کو مٹھائی اور کھلونے دکھانے کے لیے بھاگ جاتی ــــ یہی گڑیا سی لڑکی جب آٹھ برس کی ہوئی تو ایک دن مچل کر اپنے ابا سے کہنے لگی ــــ "ابا ہم تو ڈاچی لیں گے، ابا ہمیں ڈاچی لے دو!"....

بھولی معصوم لڑکی! اسے کیا معلوم کہ وہ ایک مفلس اور قلاش مزدور کی لڑکی ہے، جس کے لیے سانڈنی خریدنا تو کجا' اس کا تصور کرنا بھی گناہ ہے اور کبھی ہنسی کے ساتھ باقر نے اسے گود سے اٹھالیا اور بولا — "رجو تو تو خود ڈاچی ہے" مگر رضیہ نہ مانی۔ اس دن مشیر مال اپنی سانڈنی پر چڑھ کر اپنی چھوٹی سی لڑکی کو آگے بٹھائے اس کاٹ سلہ میں کچھ مزدور لینے آئے تھے۔ تبھی رضیہ کے ننھے دل میں ڈاچی پر سوار ہونے کی زبردست خواہش پیدا ہوا اٹھی تھی اور اسی دن سے باقر کی رہی سہی غفلت بھی۔ دور ہو گئی تھی۔

اس نے رضیہ کو ٹال تو دیا تھا مگر دل ہی دل میں اس نے عہد کر لیا تھا کہ چاہے جو ہو وہ رضیہ کے لیے ایک خوبصورت ڈاچی ضرور مول لے گا۔ اور تب اسی علاقہ میں جہاں اس کی آمدنی کی اوسط مہینہ بھر میں تین آنہ روزانہ بھی نہ ہوتی تھی۔ وہیں اب آٹھ دس آنے ہو گئی دور دور کے دیہات میں اب وہ مزدوری کے لئے جاتا۔ کٹائی اور سنجائی کے دنوں میں دن رات جان لڑاتا — فصل کاٹتا، کھلیانوں میں اناج بھرتا، نیرا ڈال کر گپ بناتا، بجائی کے دنوں میں ہل چلاتا، بیلیاں بناتا۔ نرائی کرتا۔ ان دنوں اسے پانچ آنے سے آٹھ آنے تک مزدوری مل جاتی۔ جب کوئی کام نہ ہوتا تو علی الصباح اٹھ کر آٹھ کوس کی منزل مار کر منڈی جا پہونچتا اور آٹھ دس آنے کی مزدوری کر کے ہی واپس لوٹتا۔ ان دنوں میں وہ چھ آنے روز بچاتا آرہا تھا۔ اس معمول میں اس نے کسی طرح کی ڈھیل نہ آنے دی۔ اسے جیسے جنون سا ہو گیا تھا۔ بہن کہتی: "باقر، اب تم تو بالکل ہی بدل گئے ہو، پہلے تو کبھی تم نے اس طرح جی توڑ کر محنت نہ کی تھی۔

لہ بیس پچیس جھنگیوں کا گاؤں

باقر ہنستا اور کہتا ۔۔۔ "تم چاہتی ہو میں تمام عمر اسی طرح نٹھلا بیٹھا رہوں"۔ بہن کہتی ۔ "نکما بیٹھنے کو میں نہیں کہتی لیکن صحت گنوا کر دھن جمع کرنے کی صلاح بھی نہیں دے سکتی"۔

ایسے وقت ہمیشہ باقر کے سامنے اسکی مرحوم بیوی کی تصویر کھنچ جاتی۔ اس کی آخری آرزو اس کے کانوں میں گونج جاتی اور وہ صحن میں کھیلتی ہوئی رضیہ پر ایک پیار کی نظر ڈال کر ہونٹوں پر پرسوز مسکراہٹ لیے ہوئے پھر اپنے کام میں لگ جاتا اور آج ۔۔۔ آج ڈیڑھ سال کی کڑی مشقت کے بعد وہ مدت سے پالی ہوئی اپنی اس آرزو کو پوری کر سکا تھا ۔ سانڈنی کی رسی اس کے ہاتھ میں تھی اور سرکاری کھالے[1] کے کنارے وہ چلا جا رہا تھا ۔

شام کا وقت تھا اور مغرب میں غروب ہوتے ہوئے آفتاب کی کرنیں دھرتی کو سونے کا آخری دان دے رہی تھی۔ ہوا میں کچھ خنکی آ گئی تھی اور کہیں دور ۔۔۔ کھیتوں میں ٹٹہری ٹیہوں ٹیہوں کرکے اڑ رہی تھی باقر کی نگاہوں کے سامنے ماضی کے تمام واقعات ایک ایک کرکے آ رہے تھے ۔

ادھر ادھر سے کوئی کسان اپنے اونٹ پر سوار جیسے بھٹکتا ہوا نکل جاتا اور کبھی کبھی کھیتوں سے واپس آنے والے کسانوں کے گڈے کے چھکڑے پر رکھے ہوئے گھاس کے گٹھوں پر بیٹھے بیلوں کو پچکارتے کسی دیہاتی گیت کا ایک آدھ بند گاتے یا چھکڑے کے پیچھے بندھے ہوئے خاموشی سے چلے آنے والے اونٹ کی تھوتھنیوں سے کھیلتے چلے آتے تھے ۔

باقر نے جیسے خواب سے بیدار ہو کر مغرب کی طرف غروب ہوتے آفتاب کو دیکھا اور پھر سامنے کی طرف ویرانے میں نظر دوڑائی ۔ اس کا گاؤں ابھی بڑی دور تھا ۔ مسرت سے پیچھے کی طرف دیکھ کر اور چپ چاپ

---

[1] نہر کی چھوٹی سی شاخ

چلی آنے والی سانڈنی کو پیار سے پچکار کر، وہ اور بھی تیزی سے چلنے لگا۔ کہیں اس کے پہونچنے سے پہلے رضیہ سو نہ جائے اس خیال سے!

شیر مال کاٹ نظر آنے لگی۔ یہاں سے اس کا گاؤں نزدیک ہی تھا۔ یہی کوئی دو کوس! باقر کی چال دھیمی ہو گئی اور اس کے ساتھ تصور کی دیوی اپنی رنگ برنگی کوچی سے اس کے دماغ کے قرطاس پر طرح طرح کی تصویریں بنانے لگی۔ باقر نے دیکھا کہ اس کے گھر پہونچتے ہی ننھی رضیہ مسرت سے ناچ کر اس کی ٹانگوں سے لپٹ گئی ہے اور پھر ڈاچی کو دیکھ کر اس کی بڑی بڑی آنکھیں حیرت اور مسرت سے پھیل گئی ہیں، پھر اس نے دیکھا وہ رضیہ کو اپنے آگے بٹھائے سرکاری کھالے کے کنارے کنارے ڈاچی پر بھاگا جا رہا ہے۔ شام کا وقت ہے سرد ٹھنڈی ہوا چل رہی ہے اور کبھی کبھی کوئی پہاڑی کوا اپنے بڑے بڑے پروں کو پھیلائے اپنی موٹی آواز سے ایک دو بار کائیں کائیں کر کے اوپر سے اڑتا چلا جاتا ہے۔ رضیہ کی خوشی کا وار پار نہیں۔ وہ جیسے ہوائی جہاز میں اڑی جا رہی ہے۔ پھر اس کے سامنے آیا۔ وہ رضیہ کو لئے بہاول نگر کی منڈی میں کھڑا ہے ننھی رضیہ جیسے بھونچکی سی ہے۔ حیران سی کھڑی وہ ہر طرف اناج کے ان بڑے بڑے ڈھیروں کو، لاانتہا چھکڑوں کو بحرِ حیرت میں گم کر دینے والی ان بے شمار چیزوں کو دیکھ رہی ہے۔ ایک دوکان پر گراموفون بجنے لگتا ہے۔ اس لکڑی کے ڈبے میں کس طرح گانا نکل رہا ہے؟ کون اس میں چھپا گا رہا ہے۔ یہ سب باتیں رضیہ کی سمجھ میں نہیں آتیں اور یہ سب جاننے کے لیے اس کے دل میں جو اشتیاق ہے وہ اس کی آنکھوں سے ٹپکا پڑتا ہے۔

اپنے تصور کی دنیا میں محو وہ کاٹ کے پاس سے گذرا جا رہا تھا کہ اچانک کچھ خیال آ جانے سے وہ رکا اور کاٹ میں داخل ہو گیا۔ شیر مال

کی کاٹ بھی کوئی بڑا گاؤں نہ تھا۔ ادھر کے سب گاؤں ایسے ہی ہیں۔ زیادہ ہوئے تو بیس پچیس ہو گئے۔ کڑیوں کی چھت کا پکی اینٹوں کا مکان بھی اس علاقہ میں نہیں۔ خود باقر کی کاٹ میں بندرہ گھر تھے۔ گھر کہاں سرکنڈوں کی جھنگیاں تھیں۔ شیر مال کی کاٹ بھی ایسی ہی بیس پچیس جھنگیوں کی بستی تھی۔ صرف شیر مال کا مکان کچی اینٹوں سے بنا تھا لیکن چھت اس پر بھی سرکنڈوں کی ہی تھی۔ نانک بڑھئی کی جھنگی کے سامنے وہ رکا۔ منڈی جانے سے پہلے وہ اس کے یہاں ڈاچی کا گدڑا[1] بننے کے لیے دے گیا تھا۔ اسے خیال آیا کہ اگر رضیہ نے ڈاچی پر چڑھنے کی ضد کی تو وہ کیسے ٹال سکے گا۔ اسی خیال سے وہ پیچھے مڑ آیا تھا۔ اس نے نانک کو دو ایک آوازیں دیں اندر سے شاید اس کی بیوی نے جواب دیا۔

گھر میں نہیں۔ شاید منڈی گئے ہیں۔

باقر کی آدھی خوشی جاتی رہی۔ وہ کیا کرے؟ وہ یہ نہ سوچ سکا نانک اگر منڈی گیا ہے تو گدرا کیا خاک بنا کر گیا ہوگا۔ لیکن پھر اس نے سوچا۔ شاید بنا کر رکھ گیا ہوگا۔ اس نے پھر آواز دی۔ میں ڈاچی کا پالان بنانے کیلئے کہہ گیا تھا۔

جواب ملا "ہمیں نہیں معلوم!"

باقر کی ساری خوشی جاتی رہی۔ گدرے کے بغیر وہ ڈاچی لے کر کیا جائے؟ نانک ہوتا تو اس کا پالان چاہے نہ بنا سہی، کوئی دوسرا ہی اس سے مانگ کر لے جاتا۔ اس خیال کے آتے ہی اس نے سوچا۔ چلو شیر مال سے مانگ لیں۔ ان کے ہاں تو اتنے اونٹ رہتے ہیں کوئی نہ کوئی پرانا پالان ہوگا ہی۔ ابھی اسی سے کام چلا لیں گے۔ تب تک نانک گدرا تیار کر دے گا۔ یہ سوچ کر وہ شیر مال کے گھر کی طرف چل پڑا۔

---

[1]: کاٹھی

اپنی ملازمت کے دوران منیر پال نے کافی دولت جمع کر لی تھی اور جب ادھر نہر نکلی تو اپنے اثر و رسوخ سے ریاست ہی کی زمین میں کوڑیوں کے مول کئی مربع زمین حاصل کر لی تھی۔ اب ریٹائرڈ ہو کر یہیں آ گئے تھے۔ مزارع رکھے ہوئے تھے۔ آمدنی خوب تھی اور مزے سے بسر ہو رہی تھی۔ اپنی چوپال پر ایک تخت پر بیٹھے حقہ پی رہے تھے۔ سر پر سفید صافہ، گلے میں سفید قمیص اس پر سفید جاکٹ اور کمر میں دودھیا سفید تہہ بند۔ گرد سے اٹے ہوئے باقر کو سانڈنی کی رسی تھامے آتے دیکھ کر انھوں نے پوچھا۔

"کہو باقر کدھر سے آ رہے ہو؟"

باقر نے جھک کر سلام کرتے ہوئے کہا۔ "منڈی سے آ رہا ہوں مالک!"

"یہ ڈاچی کس کی ہے؟"

"میری ہی ہے مالک ابھی منڈی سے لا رہا ہوں۔"

"کتنے کو لائے ہو؟"

باقر نے چاہا کہہ دے آٹھ بیسی کو لایا ہوں۔ اس کے خیال میں ایسی خوبصورت ڈاچی دو سو میں بھی سستی تھی مگر دل نہ مانا بولا۔ "حضور مانگتا تو ایک سو ساٹھ تھا مگر سات بیسی ہی کو لے آیا ہوں۔"

منیر پال نے ایک نظر ڈاچی پر ڈالی۔ وہ خود عرصے سے ایک خوبصورت سی ڈاچی اپنی سواری کے لیے لینا چاہتے تھے۔ ان کی ڈاچی تو تھی پر گذشتہ سال اسے سیک ہو گیا تھا اور اگرچہ نیل دینے سے اس کا روگ تو ٹھیک ہو گیا تھا، پر اس کی چال میں وہ مستی وہ لچک نہ رہی تھی یہ ڈاچی ان کی نظر میں جچ گئی۔ کیا سڈول اور متناسب اعضا ہیں کیا سفیدی مائل بھورا رنگ ہے، کیا لچلچاتی لمبی گردن ہے! بولے "چلو ہم سے آٹھ بیسی

لے لو ہمیں ایک ڈاچی کی ضرورت ہے دس تمہاری محنت کے رہے۔"

باقر نے پھیکی ہنسی کے ساتھ کہا "حضور ابھی تو میرا چاؤ بھی پورا نہیں ہوا۔"

مشیر مال اٹھ کر ڈاچی کی گردن پر ہاتھ پھیرنے لگے۔ "واہ کیا اصیل جانور ہے! بظاہر بولے۔" چلو پانچ اور لے لینا اور انھوں نے نوکر کو آواز دی "نورے اے اور نورے!"

نوکر نوہرے میں بیٹھا بھینسوں کے لیے چھٹے کتر رہا تھا۔ گنڈاسہ ہاتھ ہی میں لیے ہوئے بھاگا آیا۔ مشیر مال نے کہا۔ "یہ ڈاچی لے جاکر باندھ دو ایک سو پینسٹھ میں کھوئیسی ہے۔"

نورے نے حیران سے کھڑے باقر کے ہاتھ سے رسی لے لی اور سر سے پاؤں تک ایک نظر ڈاچی پر ڈال کر بولا۔ خوب جانور ہے اور یہ کہہ کر نوہرے کی طرف چل پڑا۔

تب مشیر مال نے انٹی سے ساٹھ روپئے نکال کر باقر کے ہاتھ میں دیتے ہوئے مسکرا کر کہا۔ ابھی یہ رکھو باقی بھی ایک دو مہینے تک پہونچا دوں گا۔ ہو سکتا ہے تمہاری قسمت کے پہلے ہی آجائیں اور بغیر کوئی جواب سنے وہ نوہرے کی طرف چل پڑے۔ نورا پھر چارہ کترنے لگا تھا۔ دور ہی سے انھوں نے کہا "بھینس کا چارہ رہنے دے پہلے پہلے ڈاچی کے لیے گوارے کا میرا کر ڈال۔ بھوکی معلوم ہوتی ہے۔"

○

کرشن پکشن کا چاند ابھی طلوع نہیں ہوا تھا۔ ویرانے میں چاروں طرف کہرا سا چھایا ہوا تھا۔ سر پر دو ایک تارے جھانکنے لگے تھے اور ببول اور داکا ہنہ کے درخت بڑے بڑے سیاہ دھبے بن رہے تھے۔ ساٹھ روپیہ کے نوٹ ہاتھ میں لٹکائے اپنے گھر سے ذرا فاصلہ پر ایک جھاڑی کی

اوٹ میں بیٹھا باز اس مدھم ٹمٹماتی ہوئی روشنی کی شعاع کو دیکھ رہا تھا جو سرکنڈوں سے چھن چھن کر اس کے گھر کے آنگن سے آ رہی تھی. جانتا تھا کہ رضیہ جاگ رہی ہوگی اس کا انتظار کر رہی ہوگی اور وہ یہ سوچ رہا تھا کہ روشنی بجھ جائے، رضیہ سو جائے تو وہ چپ چاپ گھر میں داخل ہو۔

•••

گوکھرو

پھنکری شورے اور نمک کے پانی میں دُھلے کمرے کے اندھیرے میں جگمگاتے پیلے سنہری گوکھرو دیکھتے دیکھتے لاوی کی آنکھوں میں آنسو بھر آئے۔ لمحہ بھر کے لئے اس کی نگاہ تصور کے سامنے ایک تصویر آگئی.. اس کی اپنی ہی تصویر۔ ان دنوں کی جب زندگی میں سب کچھ اچھا لگتا تھا۔ بھائی سے لڑائی جھگڑا باپ کا غصہ سے جھنجھلا کر گالیاں دینا اور جل کر ماں کو پیٹ بیٹھنا۔ سب کچھ بھلا معلوم ہوتا تھا۔ جب بہار کی نسبتاً لمبی دوپہر اپنی سنہری دھوپ سے سینول کے سنا دبسا دیتی تھی اور جب اپنے گھر کے بڑے کھلے آنگن میں تریجن کے گیت گاتے گاتے وہ ایسی ہی خوابوں کی دنیا میں کھو جاتی تھی .....

ایک سرد آہ بھر کر لاوی نے اپنی آنکھوں کو مل ڈالا۔ تصور ہی میں جوانی کے سنہری ایام کی اپنی خوبصورت تصویر دیکھتے دیکھتے حال کے اس ڈھانچے کا خیال آجانے سے اس کی آنکھیں بھر آئی تھیں اس نے گوکھرو ڈبہ میں رکھ دیئے لیکن وہ ڈبہ کو بند نہ کر سکی ایک فوری جذبہ کے ماتحت ایک گوکھرو اٹھا کر اس نے اپنی کلائی میں ڈالنا چاہا لیکن آٹھ تولے

گوکھرو : کنگن

سونے کا ٹھوس بھاری گوکھرو اس کے ہاتھوں کی ہڈیاں جیسے اب اس کے لیے دیواریں بن گئی تھیں۔ اس نے چپ چاپ اسے پھر ڈبہ میں رکھ دیا۔ اور کچھ لمحہ تک مسحور سی وہ گوکھرودن کی خوبصورت سنہری جوڑی کو دیکھتی رہی۔

ایک دن یہی گوکھرو اس کی کلائیوں میں نہایت ہی خوبصورت اور موزوں معلوم ہوتے تھے۔ اس وقت اس کے اعضاء سڈول اور متناسب تھے۔ ہڈیوں کی جگہ بھرے بھرے بازو تھے اور گالوں کے گڑھوں میں گلاب ہنسا کرتے تھے۔

باہر چھوٹی چھوٹی لڑکیاں ڈھولک پر ماہیا گا رہی تھیں۔ ملادی کی آنکھوں کے سامنے پھر گیا۔ کس طرح اس کے میکے میں بھی ایک دن ڈھولک رکھدی گئی تھی اور کس طرح چاندنی راتوں میں ان کے کشادہ صحن میں جامن کے درخت کے چھدرے سایوں کے نیچے گاؤں بھر کی نوخیز لڑکیاں اور نئی بیاہی دلہنیں آاکٹھی ہوتی تھیں اور کس طرح انھوں نے ماہی ڈھول، رانجھا اور ہیروں کے گیت گائے تھے اور کس طرح گاؤں کی بڑی بوڑھیاں بھی ان کے سُر میں سُر ملا کر اپنے بیتے ہوئے ماضی میں کھو جاتی تھیں۔ پھر ایک دن تیل ہلدی اور کیسر ملے ہوئے بیسن کے اپٹن سے اسے نہلایا گیا تھا اور جب اسکا جسم کندن سا دمک اٹھا تھا۔ تو اسے شادی کا سرخ جوڑا پہنا کر اس کی کلائیوں میں کلیرے باندھے گئے تھے اور اس وقت ماں نے گہنے پہنائے تھے۔ انہی میں یہ طلائی گوکھرو بھی تھے۔

ملادی نے آنکھیں گوکھروؤں سے ہٹالیں۔ کمرے کی دائیں دیوار کے ساتھ، پرے ذرا اندھیرے میں لکڑی کا ایک پرانا سرخ ڈبہ ٹھکرایا ہوا پڑا تھا۔ اس کا رنگ کئی جگہ سے اتر گیا تھا اور اس پر گرد کی ایک گہری تہہ جم گئی تھی۔ ملادی کی آنکھیں اس پرانے ڈبہ پر جم گئیں پھر اس نے اپنے جسم پر نگاہ ڈالی۔ اس کے دل کی گہرائیوں سے ایک سرد آہ نکل گئی تب جیسے

حسد کے ایک ناقابل برداشت جذبہ کے ماتحت اس نے ایک گوکھڑو اٹھایا۔ دونوں ہاتھوں سے اسے ذرا کھول کر کلائی میں ڈال دیا۔ وہ کہنی تک چلا گیا۔ لیکن اسے افسوس نہیں ہوا۔ اپنے اس عزیز گہنے کو وہ ہمیشہ کے لیے علیحدہ کرتے وقت آخری بار پہن کر اسے ایک طرح کی دلی تسکین ہی ملی۔

اس وقت دروازہ کھلا اور شادی کے سرخ جوڑے میں ملبوس جوانی مسرت اور تازگی کا مجسمہ بنی ہوئی اس کی لڑکی منسا کمرے میں داخل ہوئی۔ ملا دی نے فوراً اپنے دونوں ہاتھ دوپٹے کے آنچل میں چھپا لیے اس کا چہرہ زرد پڑ گیا۔ لیکن کمرے کی تاریکی میں اس کی لڑکی نے اس فوری تبدیلی کو نہیں دیکھا اور میٹھی سریلی آواز میں اتنا ہی کہا ــ "بابو جی بلا رہے ہیں"

"چل میں آئی"۔ ہکلاتے ہوئے ملا دی نے کہا۔

لڑکی چلی گئی۔

ملا دی نے اسے جاتے ہوئے دیکھا۔ اس کی ہی جوانی کی دمکتی ہوئی تصویر ــ اور ایک سرد آہ کو نکل پڑھنے سے زبردستی روک کر اس نے گوکھڑو اتارے اور انھیں ان کے نئے ڈبہ میں رکھا۔ جس کی مخمل کا رنگ گہرا نیلا تھا اور جس کی پیتل کی کنڈی بھی سنہری دکھائی دیتی تھی اور تاریکی میں گمنامی کی سی حالت میں پڑے ہوئے اس پرانے ڈبہ کی طرف دیدہ دانستہ دیکھے بغیر وہ نئے ڈبہ کو لیے ہوئے کمرے سے نکل گئی۔

دروازہ پر شہنائی اپنی تیکھی پُرسوز آواز میں جدائی کا گیت گا رہی تھی گھر کے باہر بھنگیوں اور بھنگنوں کا ہجوم راستہ رد کے اشتیاق بھری نگاہوں سے دولہا دلہن کے باہر آنے کی راہ تک رہا تھا۔ مردوں کے ہاتھوں میں بانسوں کے ساتھ بندھی لپٹی چادریں تھیں۔ جو پلک جھپکتے ہی کھل جانے کو بیقرار تھیں اور عورتوں کے دامن پھیل جانے کے لیے بیتاب تھے۔ گلی

کے دونوں طرف چھتوں پر پڑوسنوں کی بھیڑ جمع تھی جن کے ہونٹ گانا گانے کے لیے جیسے پھڑک رہے تھے۔ گھر کے اندر آنگن میں تل دھرنے کی جگہ بھی نہ تھی۔ پروہت کے منتر ابھی ابھی ہوا میں پھیل کر گم ہوگئے تھے اور ان کی جگہ رخصتی کی سسکیوں نے لے لی تھی۔ پروہت نے گیلے چاول لڑکی کے ہاتھ پر رکھے منسا نے انھیں چھڑکتے ہوئے پروہت کی ہدایت کے مطابق زیر لب کہا ــ "آپ کی قسمت آپ کے ساتھ میری قسمت میرے ساتھ!" اور اس کی آنکھیں بھر آئیں۔ لیکن اس وقت سہیلیوں نے گانا شروع کردیا۔

ستھ سہیلی دد کھڑی مینوں نہیں ملن دا چاؤ"

دے سن باپ میرا

منسا سب سے گلے مل مل کر جدا ہو رہی تھی۔ یہ سنتے ہی باپ سے چمٹ گئی اور لڑکیوں نے گانا گایا۔

گلیاں تے ہوئیاں بابل بھیڑیا مینو آنگن ہویا پردیس

دے سن باپ میرا۔

اور باپ نے آنکھوں میں بے ساختہ امڈ آنے والے آنسو زبردستی روکتے ہوئے اس کے کندھے کو تھپتھپا کر کہا ــ "بس بس!"

اس وقت اپنے دا۔ اور پروہت کا اشارہ پاکر دولہا دروازے پر کھڑی دہری کے گھونے میں چاندی کے چند سکے ڈال کر دروازے سے باہر نکلا۔ اس کے پیچھے پیچھے اپنے پتا کی گود سے لگی ہوئی منسا جا رہی تھی اور دونوں کے درمیان سفید صافے کا کنارہ سرخ چنری سے بندھا چلا جا رہا تھا۔

اس وقت باجے زور زور سے بجنے لگے اور شہنائی والے نے جھوم جھوم کر منہ پھلا پھلا کر شہنائی میں جو تان دینا شروع کیا۔ تب سمدھی نے تھیلی کا منہ کھول کرنے مہر دل کی طرح چمکتے ہوئے پیسوں کی ایک دد

مٹھیاں دولہا دولہن کے اوپر سے وار کر پھینکیں۔ بانسوں سے لپٹی ہوئی چادریں کھلیں۔ دامن پھیلے اور پیسوں کی لوٹ شروع ہوگئی۔ اس وقت پیچھے پیچھے چلی آنے والی اور گلی کے دونوں طرف چھتوں پر جمع عورتوں نے گانا گایا۔

گلیاں تے ہویاں بابل بھیڑیاں مینوں آنگن ہویا پردیس
دے سن باپ میرا۔

ملاوی چپ چاپ مسحور و مبہوت لال سالو پہنے ذرا سا گھونگھٹ نکالے۔ دوسری عورتوں کے ساتھ چلی جا رہی تھی اس کی آنکھوں سے آنسو جاری تھے لیکن دھیمے سُر سے وہ بھی دوسری عورتوں کی آوازیں آواز ملا کر گا رہی تھی۔ اس کی آنکھوں کے سامنے ایک ایسا ہی منظر پھر رہا تھا جب وہ بھی اپنے والد کی گود میں چڑھ کر وداع ہوئی تھی۔ بازار آگیا لڑکی کو تانگے میں بٹھا دیا گیا۔ پھر ساتھ بیٹھ گئی تو منا کی سسکیاں اور بھی بلند ہو گئیں۔ اور وہ اپنی ماں کے گلے سے لپٹ گئی۔

پھر جب سسکتی ہوئی لڑکی کو اس نے آہستہ سے الگ کیا تو اس کے بازوؤں پر سے ہوتے ہوئے اس کے ہاتھ لحظہ بھر کے لیے اس کے گوکھڑوؤں پر آ ٹکے۔۔۔۔

لیکن اس وقت تانگہ چلنے لگا تھا۔ سمدھی صاحب تانگے کے اوپر سے پیسوں کی بارش کر رہے تھے۔ بھنگی لوٹ رہے تھے۔ باجے بج رہے تھے اور دولہا کے بھائی ملمع شدہ چاندی کے گلاب پاش میں بھرا کیوڑے کے عرق بے تحاشہ ادھر ادھر چھڑک رہے تھے۔

جب لڑکی کو رخصت کر کے ملاوی اپنے گھر واپس آئی۔ تو اسے سب کچھ سونا سونا سا محسوس ہوا۔ سالو بدلنے کے لیے جب وہ اندر گئی تو کونے میں پڑے ہوئے بے التفاتی کا شکار گوکھڑوں کے اس پرانے

ڈبے پر اس کی نظر گئی۔ اس وقت اسے محسوس کیا کہ وہ اپنی اکلوتی لڑکی کو وداع کر کے ہی نہیں آئی بلکہ اپنے سب سے عزیز گہنے کو بھی رخصت کر آئی ہے۔

○

دوسرے دن جب منا اپنے سسرال سے واپس آئی اور سہیلیوں سے مل کر جب اپنی ماں کے پاس بیٹھی تو ملادی نے اسے سمجھایا۔ کہ بیٹی تو کچھ بے پرواہی ہے۔ رات کو سوتے وقت گوکھڑو اتار لیا کر دیکھ ہاتھوں میں ذرا کھلے ہیں کہیں کسی دن کھسک نہ جائیں۔

○

دو برس بیت گئے، راکھی کا تیوہار آگیا۔ گھر گھر جھولے پڑ گئے، ڈھولک رکھ دیئے گئے، اور نئی بیاہی لڑکیاں اپنی سسرال سے آ کر میکے کی سہیلیوں کے ساتھ ہنسی خوشی گانے بجانے میں مصروف ہو گئیں۔ شہر میں ان دنوں مستورات کا میلہ لگا کرتا تھا ملادی کی خواہش تھی کہ اس بار اس کی لڑکی بھی میلوں کے دنوں میں آجائے اور اس لیے اس نے شوہر سے اصرار کر کے اس بار منا کو بلا بھیجا تھا۔ اس کے سسرال والے تو اسے بالکل نہ بھیجنا چاہتے تھے لیکن وہ میکے آنے کے لیے چھٹپٹا رہی تھی۔ اس کے کئی خط ملادی کو آچکے تھے۔

ملادی اسے خود بھی دیکھنا چاہتی تھی۔ اگرچہ اپنے گوکھڑووں کی جوڑی کو وہ ایک حد تک بھول گئی تھی، لیکن پھر بھی جب کسی کی کلائیوں کو زیورات سے بھرپور دیکھتی اسے اپنی سونی کلائیوں کا خیال آجاتا تھا اور ماضی کے کئی مناظر اس کی آنکھوں میں گھوم جاتے — جب اس کے بازو گہنوں سے لدے رہتے تھے جب اس کی کلائیوں میں ایک ساتھ ہی گوکھڑو، پچھیلے اور چوڑیاں پڑی رہتی تھیں۔ پھر اس کے شوہر کو کاروبار

ہیں خسارہ اٹھانا پڑا اور وہ سب زیورات ایک ایک کرکے صراف کی دکان پر پہنچ گئے۔ ہاتھ کے زیورات میں سے اس کے پاس صرف گوکھرو ہی رہ گئے اور پھر وہ دن بھی اس کی آنکھوں کے سامنے آجاتا، جب وہ گوکھرو بھی اپنے ہنس ہنس کر اپنی لڑکی کی کلائیوں میں پہنا دیئے تھے اور تب وہ گھر جا کر طاق پر رکھے ہوئے گوکھروؤں کے اسی پرانے ڈبے کو ایک نظر دیکھ لیتی اور سرد آہ بھر کر اسے جھاڑ پونچھ کر پھر وہیں رکھ دیتی۔ قسمت نہ ہو تو کون کسی چیز کا لطف اٹھا سکتا ہے؟ زیور تو اسے بہت ملے لیکن پہننا ایک بھی نصیب نہ ہوا۔ اب ان سب گہنوں کے نام پر ایک پرانا ڈبہ رہ گیا تھا۔ جو اسے اپنی کمی کا اور بھی زیادہ احساس کراتا تھا۔ پھر بھی وہ اسے پھینکتی نہ تھی جھاڑ پونچھ کر وہیں طاق میں رکھ دیتی تھی۔

اور اب جب وہ بے چین سی ہو کر اپنی لڑکی کا انتظار کر رہی تھی، کون کہہ سکتا ہے، اپنے اس دیر سے بچھڑے ہوئے عزیز گہنے کو پھر ایک نظر دیکھنے کی حسرت اس کے دل کے کسی نامعلوم گوشے میں نہ دبی پڑی تھی؟

اور جب ایک دن منا اپنے سسرال سے آگئی تو ملاوی نے دیکھا کہ ان دو سال کے قلیل عرصے ہی میں اس کے گوکھرو گھس کر پتیل جیسے نکل آئے ہیں اپنی لڑکی کو آغوش میں لیکر خیر و عافیت پوچھنے کے بعد اس نے نادانستہ طور پر اسے کوسنا شروع کر دیا۔

"یہ گہنوں کی کیا حالت بنائی ہے تونے؟ اس طرح تو پرائے کا گہنا بھی نہیں پہنا جاتا دو سال ہی میں تونے اتنے قیمتی گوکھرو گھسا دیئے پانچ روپیہ تو محض ان کی گڑھائی کے میں نے دیئے تھے اور میل ان میں اتنی جمی ہوئی ہے۔ برتن ملتے جھاڑو بہارتی دیتے وقت تو اتارتی نہ تھی انھیں....؟

اور گوکھروؤں سے نظر اٹھا کر اس نے اپنی لڑکی کے چہرے کی طرف دیکھا تو اچانک اس کا دل دھک سے رہ گیا۔ وہ کیا پک گئی؟ اپنی

لڑکی سے اس کے دکھ سکھ کا حال پوچھنے کے بجائے وہ تو اپنے گوکھڑوؤں کا رونا لے بیٹھی۔ ملاوی نے دیکھا — اس کی لڑکی کمزور ہو گئی ہے۔ اس کی آنکھوں کے ارد گرد گڈھے پڑ گئے ہیں۔ اس کا رنگ بھی پہلے سے سیاہ ہو گیا ہے۔ تب اچانک ایک نوری جذبہ کے ماتحت اس نے پھر اپنی لڑکی کو گود میں لے کر بھینچ لیا۔

منا کی آنکھیں بھر آئی تھیں۔ وہ نہ جانے اپنی ماں سے کون کون سے دکھ کا بھاؤ بٹانے کے لیے آئی تھی؟ اور ماں نے آتے ہی اسے کوسنا شروع کر دیا۔ اب اس کی آغوش میں اس کے خاموش آنسو سسکیاں بن گئے۔

ملاوی نے اسے تسلی دیتے ہوئے اپنے اس برے سلوک پر اظہار افسوس کیا۔ تب تسلی پا کر منا نے بتایا کہ کس طرح طرح گوکھڑو ہی اس کے پاس بچ رہے ہیں اور کس طرح اس نے ان کو اپنی کلائیوں سے پل بھر کے لیے بھی الگ نہیں کیا۔ ساس نے تو — منا نے بتایا — شروع میں ہی اپنے چھوٹے لڑکے کی شادی کے بہانے اس کے سب گہنے لے لیے تھے۔ اور پھر لاکھ مانگنے پر بھی نہ دیئے تھے یہ گوکھڑو بھی ایک تقریب پر اسے پہننے کو دیئے گئے تھے۔ بس اس دن سے اس نے انھیں اپنی کلائیوں سے علیحدہ نہیں ہونے دیا۔ ساس نے بہترا کہا۔ لیکن وہ پھر کسی طرح بھی اپنی کلائیوں کو سونی کرنے کے لیے تیار نہ ہوئی اس پر اسے جو اذیتیں دی گئیں ان کا بھی حال رو رو کر منا نے ماں کو سنایا۔ ساس نے اسے طعنے کوسنے یہاں تک کہ گالیاں بھی دیں۔ خسر صاحب بھی بیحد ناراض ہوئے اور اس کے شوہر نے اسے پیٹا بھی۔ لیکن اس نے گوکھڑو دیئے پر نہ دیئے۔

○

ملاوی نے اپنی لڑکی کو سینے سے لگا لیا اور اس کی آنکھوں میں آنسو نکل آئے۔ ان آنسوؤں میں کتنا سکھ اور کتنا دکھ تھا اسے کون جانے

سکتا ہے ۔

○

کہتے ہیں کہ اگر کسی دوسرے شخص کی نیت کسی چیز میں رہ جائے تو وہ استعمال کرنے والے کو فائدہ نہیں کرتی ۔ اسی لیے شاید گوکھڑوؤں سے منا کو فائدہ نہیں ہوا ۔ بلکہ وہی اس کی جان لینے کا بھی باعث بنے ۔ میکے ہو کر جب منا سسرال پہنچی تو اس کا سلوک گھر والوں سے اور بھی روکھا ہو گیا تھا اور اس نے فیصلہ کر لیا تھا گوکھڑو دینا تو دور ۔ وہ اپنے باقی گہنے بھی لیکر رہیگی ۔ ملادی نے اسے یہی مشورہ دیا تھا ۔ "وقت بے وقت گہنا ہی عورت کے کام آتا ہے ۔ اس نے مثال دیکر سمجھایا تھا " اپنی موسی کو ہی دیکھ لو ۔ شوہر نے دلوائے کی درخواست دے دی ۔ لیکن اسنے اپنی تگوڑی تیلی تک کو ہاتھ نہ لگانے دیا اور اب محلے کی چودھرائن بنی بیٹھی ہے ۔"

اسی مشورہ کا یہ اثر تھا کہ جب ایک دن منا کی دیورانی کو میکے جانا پڑا اور ساس نے منا سے درخواست کی کہ کچھ دنوں کے لیے گوکھڑو اسے دے دے ۔ تو منا نے صاف انکار کر دیا ۔ ساس نے اپنے بیٹے سے کہا بیٹے نے اپنی بہو سے ۔ لیکن بہو کچھ ایسی ضد پر اڑی کہ ٹس سے مس نہ ہوئی ۔ تب اس نے زبردستی گوکھڑو چھین کر اپنے چھوٹے بھائی کو دے دیئے ۔

منا روئی چلائی ۔ اس نے گالیاں کھائیں ۔ پٹی اور پھر بیمار پڑ گئی ۔

○

جب ملادی کو معلوم ہوا کہ اس کی لڑکی بستر مرگ پر پڑی ہے ۔ اور اڑتی اڑتی یہ خبر بھی اسکے کانوں میں پہنچی ۔ کہ ساس سسر نے اس کے سب گہنے چھین لیے ہیں ۔ اور اسے زدوکوب بھی کیا ہے تو غصہ کے باعث اس کی آنکھوں سے شعلے نکلنے لگے ۔ اپنے خاوند کو اس نے ساتھ لیا ۔ اور اپنی لڑکی کے سسرال کو چل دی ۔

اس کے بعد جو ہوا اسکا اندازہ اس بات سے لگایا جا سکتا ہے کہ اسی شام کو سب بہنوں کے ساتھ اپنی قریب المرگ لڑکی کو سالم لاری پر لاد کر وہ گھر واپس آ رہی تھی.

منا کے جینے کی کوئی امید ہو یہ بات تو نہ تھی. لیکن لاری کے دھچکوں میں اپنی لڑکی کو کسی طرح سنبھالے ہوئے وہ بھگوان سے یہی دعا کر رہی تھی کہ اس کا دم کم از کم گھر جانے تک رکا رہے. لاری کے فرش پر بستر بچھا کر اس نے کسی نہ کسی طرح اپنی لڑکی کو وہاں لٹا دیا تھا۔ — منا کی آنکھیں بند تھیں۔ کندن سا جسم راکھ ہو گیا تھا۔ لکڑی سے بازو ڈھانچے جیسے جسم کے دونوں طرف بے حس و حرکت پڑے تھے۔ آخری گھڑیاں تھیں اور روح کے ساتھ جسم کا سب میل بھی باہر نکل جانا چاہتا تھا۔ اس میلے گندے عفونت زدہ گیلے کپڑے کو کسی نہ کسی طرح اس کے گرد لپیٹتی ہوئی اسے لڑھک پڑنے سے بچانے کے لیے دونوں ہاتھوں سے تھامے وہ اس کے سرہانے بیٹھی اپنی اس قریب المرگ لڑکی کو ایک ٹک دیکھ رہی تھی۔ اپنا سب غصہ سب ابال ساری چیخ و پکار وہ سمدھیانے میں خرچ کر آئی تھی. اس وقت اس کی آنکھوں میں خونبار شعلے لپک رہے تھے۔ جیسے وہ ارض کائنات کو جلا ڈالیں گے۔ رہ رہ کر اس کی نظر گوکھڑوؤں پر جا پڑتی تھی وہ انھیں بار بار ہٹاتی تھی لیکن وہ پھر وہیں جم جاتی تھی — اس کے اتنے ارمانوں کے گوکھڑو.... وہ نہ پہنے اس کی لڑکی نہ پہنے.... اسے کوئی اور پہنے — وہ یہ کس طرح برداشت کرتی؟

ادھر ادھر سے گزرتی ہوئی لاریوں کی مٹی اڑ کر لاری کے اندر آ جاتی اور وہ اپنا منہ دوپٹے سے ڈھک لیتی اور اسی میلے کچیلے کپڑے کا ایک سرا اپنی قریب المرگ لڑکی کے چہرے پر رکھ دیتی.

شام کا سورج مکانوں کے پیچھے کہیں مغرب میں منہ چھپا چکا تھا جب لادی اپنی قریباً مردہ ہوئی لڑکی کو لیکر آنگن میں داخل ہوئی لمحہ بھر میں

پڑوسنوں نے اسے گھیر لیا۔ لیکن اس نے کسی کو آنگن میں گھسنے نہ دیا” اس
کی حالت ٹھیک نہیں ظالموں نے بس مار کر ہی میرے ساتھ کر دیا ہے” — اس
نے پُرنم آنکھوں کے ساتھ کہا اور ان سے استدعا کی کہ وہ ہوا نہ روکیں اسے
اپنی لڑکی کا حتی الامکان علاج کرنے دیں۔ پرتما کے گھر میں ..... اور سب
کو سنائی دینے والی آواز میں اس نے اپنے شوہر سے کہا کہ بھاگ کر ڈاکٹر
کو بلا لائے پیسے کا منہ ایسے وقت نہ دیکھے ..... اس کے جانے کے بعد
پڑوسنوں کی منت وسماجت کر کے اس نے انھیں باہر بھیج دیا۔ آنگن کا
دروازہ لگا لیا اور لڑکی کے سرہانے جا بیٹھی۔ لیکن شاید لڑکی کا دم اپنے
آنگن میں پہنچنے کی ہی راہ دیکھ رہا تھا۔ ملاوی نے نبض پر ہاتھ رکھا۔ تو وہ
بند ہو چکی تھی۔

وہ چیخ مارنے ہی لگی تھی۔ کہ لمحہ بھر کے لیے اس کے من میں کوئی خیال
آیا اور اس کا دل دھک دھک کرنے لگا۔ چیخ اس کے ہونٹوں تک آ کر
رک گئی۔ اس نے اس خیال کو اپنے دماغ سے نکالنے کی پوری کوشش
کی۔ جلدی جلدی دیئے بتی کا بھی انتظام کیا اور دانے بھی اس کے سرہانے
لا رکھے لیکن اس کے دل میں کشمکش بدستور جاری رہی اور وہ اور بھی
زور سے دھک دھک کرتا رہا۔ اس نے اپنی نگاہیں نعش سے دور رکھنے
کی بھی پوری کوشش کی۔ ایک دو لمحے آنگن میں ادھر ادھر گھومی بھی
اس نے پھر رونے کی بھی سعی کی۔ لیکن اس کے ہونٹوں سے چیخ نکلی ہی
نہیں آخر وہ نعش کے پاس آئی۔ اور اکڑی ہوئی کلائیوں سے اس نے
چپکے سے گوکھڑو نکال لیے۔ اور اندر کمرے میں چلی گئی۔ طاق میں وہی پرانا
ڈبہ پڑا تھا۔ ملاوی نے دوپٹے پھاڑ کر اس میں گوکھڑوؤں کی جوڑی کو
رکھا — اور پھر اسے ٹرنک میں بند کر دیا۔ اس کے بعد صندوق سے ایک
صاف چادر اور قمیص نکال لائی۔ لڑکی کے گندے کپڑے اتار کر اس نے

ایک طرف نالی پر رکھ دیئے۔ اور اس کے نیچے کھیس بچھا کر چادر کو اس کے گرد لپیٹ دیا۔ سرہانے کی طرف دانوں کے ڈھیر پر رکھے ہوئے آٹے کے دیئے کو دیا سلائی دکھائی اور پھر آنگن کا دروازہ کھول کر اس نے چیخ ماری۔

اس کے بعد گیارہ دن کس طرح بیتے۔ ملاوی کتنا روئی پیٹی اس نے کتنے بال نوچے' اس کا پتہ اس کی سوجھی آنکھیں لال چھاتی اور روکھے کھڑے کھڑے بال بخوبی دیتے تھے۔ گیارہ دن تک وہ اپنی لڑکی کی سسرال والوں کو گالیاں دیتی رہی کہ کمینوں کے لیے انھوں نے اس کی بھولی بھالی بھول سی لڑکی کی جان لے لی۔ اور گیارہ دن تک ہی وہ گندے میلے کپڑے اس نے اپنے گھر میں رکھ چھوڑے اور گلی محلّے کو دکھا دکھا اپنی لڑکی کی سسرال والوں کا کمینہ پن ثابت کر دیا۔ اور ساری برادری کے سامنے وہ چند زیور جو گوکھڑوؤں کے علاوہ اس کی لڑکی کے جسم سے اترے تھے اس نے کریا کرم کے دن دان کردا دیئے۔

ایک پڑوسن نے کہا "گوکھڑو نہیں دیئے۔"

جواب دیتے وقت ملاوی کا دل دھڑک اٹھا تھا۔ لیکن اس نے ان کپڑوں کی طرف جو صحن میں ایک طرف نالی پر پڑے تھے اشارہ کرتے ہوئے کہا کہ جنھوں نے اس بھول سی لڑکی کو ایسے گلے سڑے کپڑے پہنا رکھے ان سے ایسی توقع کہاں؟

○

کریا کرم کے بعد اپنی لڑکی کی وفات کے بارھویں دن جب وہ رات کو چھت پر لیٹی تو اسے نیند نہ آئی۔ وہ بےشک ناخواندہ گنوار عورت تھی نازک اور باریک جذبات کا نفسیاتی تجزیہ کرنا اسے نہ آتا تھا۔ لیکن اس کا یہ سب کردار جیسے اس کے دل پر بوجھ بن کر بیٹھ گیا تھا۔ مری ہوئی لڑکی کے ہاتھ سے اس نے گوکھڑو اتار لئے۔ اس نے کیوں ایسا کیا؟ اس کے

کوئی دوسری لڑکی نہیں۔ اس کے کیا اس کے تو رشتہ داروں تک کے کوئی لڑکی نہیں۔ کہ ان میں سے کسی کی شادی پر کوئی گہنا دینا ہوتا۔ تو کیا وہ اندھی ہو کر گوکھڑوؤں کے پیچھے بھاگتی نہیں پھری؟ کیا وہ اپنی لڑکی کی خود قاتل نہیں؟ اور وہ کانپ اٹھی۔ پھر اس نے جھٹکے سر کو جھٹکا دے کر اس خیال کو دماغ سے نکال دینے کی سعی کی۔

ان کی چھت کے چاروں طرف بڑے بڑے مکان تھے۔ پرے اندھیرے میں اس کا شوہر گہری نیند سویا ہوا تھا۔ ملادی نے لمبی سانس لی۔ اس کے شوہر کے من پر کوئی بوجھ نہیں۔ اور اس کے من پر ـــــ اس نے کروٹ بدل لی۔

آسمان پر چاند چمک رہا تھا۔ لیکن اس کی ایک کرن بھی ان کی چھت پر نہ دکھائی دیتی تھی۔ رات گویا ارد گرد کے اونچے کھلے مکانوں کی دیواروں کے ساتھ ٹکرا کر سانسیں بھر رہی تھی۔ ملادی کے سامنے اس کا یہ کردار خوفناک صورت اختیار کرنے لگا۔ کیا اول سے آخر تک اس کے دل میں اپنی لڑکی کے لئے ناقابل برداشت ساحسد کا جذبہ موجود نہیں تھا۔ کیا غصہ حسد اور لالچ کے جذبات سے اندھی ہو کر وہ سمدھیانے کی طرف نہیں دوڑی گئی؟ کیا شروع سے اس کے من میں یہ خیال نہ تھا کہ وہ گوکھڑوؤں کو وہاں نہیں رہنے دے گی؟ کیا اس کے دل کے کسی پردے کے نیچے یہ خواہش پوشیدہ نہ تھی کہ چاہے لڑکی کی امانت کے طور پر ہی سہی، لیکن گوکھڑو ہیں اس کے پاس ہی؟ اور کیا اس غرض کی تکمیل کی خاطر اس نے اپنی لڑکی کے لیے مرنا مشکل نہیں بنا دیا؟

ملادی نے پھر کروٹ لی ـــــ دور شائد کسی لڑکی کی شادی ہو رہی تھی دولہا لگنوں کے لیے جا رہا تھا۔ باجے بج رہے تھے اور شائد آگے آگے آتشبازی بھی چھوٹ رہی تھی ـــــ ایک ہوائی آسمان کی بلندیوں

کوٹے کرتی ہوئی عین اس کی چھت کے اوپر آسمان میں آکر بجھی۔ ملاوی ڈر گئی اور پھر ایک ٹک تیزی سے نیچے کی طرف آنے والی اس چنگاری کو تاکتی رہی۔ اس کی آنکھوں کے سامنے اس کی لڑکی کی شادی کا سارا منظر پھر گیا اور پھر اس کے جنازہ کا منظر ـــ کیا ان دونوں کو اتنا نزدیک لانے میں ان کا ہاتھ نہ تھا؟

وہ اٹھی اور دہیں چھت پر ادھر ادھر گھومنے لگی۔

اوپر سے کوئی پرندہ پھڑپھڑاتا ہوا اڑ گیا۔

ملاونی کے دل میں ہل چل مچی ہوئی تھی۔ اور ان بدبخت گوکھڑوؤں کا بوجھ اس کے دل میں ہر لحظہ بڑھتا جا رہا تھا۔

O

اپنی خواب آلودہ آنکھوں کو لیے ہوئے بھگوتی برہمنی نے جب کواڑ کھولے تو منا کی ماں کو ایسے وقت اپنے سامنے پاکر وہ حیران سی کھڑی رہ گئی۔ اندر جاکر دیے کی مدھم روشنی میں بھگوتی نے دیکھا۔ منا کی ماں کا چہرہ سفید ہو رہا ہے بال بکھرے اور ہونٹ سوکھے ہوئے ہیں۔

"تمہاری بہو گھر پر ہی ہے"

بھگوتی اس سوال پر اور بھی حیران ہو کر ملاوی کے منہ کی طرف دیکھنے لگی۔ پھر اس نے آہستہ سے کچھ شک بھرے لہجے میں کہا "بیچاری ابھی سوئی ہے۔ سیٹھ دھنی رام کی لڑکی کا لگن تھا۔ پھیرے شاید ابھی ہو رہے ہوں، لیکن میں تو لے آئی اسے۔"

بھگوتی کے لڑکے کی حال ہی میں شادی ہوئی تھی۔ وہ اپنے لڑکے کی مرضی کے خلاف ہی بہو کو اپنے اس بڑے ججمان کی لڑکی کی شادی پر لے گئی تھی۔ اگر ابھی سے ججمانوں سے جان پہچان نہ کی تو کام کیسے چلے گا۔ لیکن پھر بھی لگنوں کے خاتمہ سے پہلے ہی وہ اسے لے آئی تھی۔ ابھی ابھی

بہو اپنے کمرے میں گئی ہے۔ اس لئے اسے بلانے میں بھگوتی کو کچھ تامل تھا لیکن ملاّدی کی صورت میں اس کے لہجے میں کچھ ایسی بات تھی کہ وہ اوپر چلی گئی۔

کچھ لمحہ بعد بھگوتی کے پیچھے ذرا سا گھونگھٹ نکالے ہوئے لجاتی شرماتی بہو اتر رہی تھی۔

ملاّدی ابھی تک ویسے ہی کھڑی چھت کی طرف دیکھ رہی تھی دیوار سے لگی ہوئی ایک پیڑھی کو بچھا کر اس نے بہو سے کہا "بیٹھو"!

اس وقت بھگوتی کو اپنے سلوک کی نامناسبت کا خیال آیا۔ پیڑھی کو منا کی ماں کی طرف سرکا کر اس نے کہا "نہیں نہیں تم بیٹھو! اور یہ کہہ کر وہ جلد جلد کوٹھری سے ایک کے گھسے ہوئے موڑھے اٹھا لائی تب بہو کا ہاتھ تھام کر منا کی ماں نے اسے موڑھے پر بٹھایا۔ اور اپنے دوپٹے سے گوکھرو کھول کر اس کی کلائیوں پر لال چوڑے کے آگے پہنا دیئے۔

بھگوتی کی آنکھیں چمک اٹھیں۔ بہو حیرت سے ان دمکتے ہوئے گوکھڑوؤں کو دیکھتی رہ گئی۔

بھرے ہوئے گلے سے ملاّدی نے کہا: "بھابھی یہ منا کے گوکھرو ہیں میں اپنی خوشی سے انھیں بہو کو دیتی ہوں۔ تم میری لڑکی کے حق میں دعا کرنا پرماتما اس کی روح کو شانتی دے" اور پھر رک کر اس نے کہا" اور میری ایک وہ بھی درخواست ہے بہو جب بھی ہمارے گھر آئے ان گوکھڑوؤں کو ضرور پہن کر آئے"۔

اس کے بعد بھگوتی نے جن دعاؤں کا سلسلہ شروع کیا' انھیں منا کی ماں نے نہیں سنا لمبی گہری سانس کو نکل پڑھنے سے زبردستی روک کر گوکھڑوؤں کی طرف دیکھے بغیر وہ باہر نکل گئی۔

رات اب بھی سائیں سائیں بھر رہی تھی اور دور کہیں آسمان کی بلندیوں میں دیر کا اڑا ہوا فانوس آہستہ آہستہ نیچے کی طرف آرہا تھا۔ •••

تخت محل

تخت محل — جس میں نہ کوئی تخت تھا نہ محل — ریاست بہاولپور میں سماسٹا لائن کا ایک ننھا سا اسٹیشن تھا۔ رن تھرو گاڑیاں جس پر رکنا بھی اپنی توہین سمجھتی تھیں اور چیختی دھاڑتی وندناتی گویا اس ننھے سے سٹیشن کو اس کی کم مائیگی کا احساس دلاتی بڑھتی چلی جاتی تھیں۔

سٹیشن کی کل کائنات ایک چھوٹا سا دفتر، ایک ننھا سا مسافر خانہ، بابوؤں اور نوکروں کے چند کوارٹر، ایک کنواں اور ایک کراڑ کی دکان تھی — یہ کنواں اور کراڑ کی دکان اس ویران سٹیشن پر اترنے والوں کے لئے، جن کے سامنے ہمیشہ کوسوں کی منزل رہتی۔ کسی وسیع صحرا میں ایک چھوٹے سے نخلستان سے کم نہ تھی۔ کراڑ کی دکان سے، تیل کے ٹھنڈے، پکوڑے، نمکین یا میٹھے چنے، تلی ہوئی نمکین دال، گڑ کی ریوڑیاں یا کھوئے کی برفی — جس میں کھویا کم اور چینی زیادہ ہوتی، اور جس پر دن رات مکھیاں بھنبھنایا کرتیں — یا ایسی ہی کوئی دوسری چیز کھا کر اور کنوئیں سے ٹھنڈے پانی کے دو گھونٹ پی کر مسافر سٹیشن پر کچھ دیر سستا لیتے، تب اپنے سفر پہ چل پڑتے۔

اس چھوٹی سی کائنات کے باسی — سٹیشن ماسٹر، تار بابو، پانی والے کانٹے والے، بھنگی اور کراڑ اپنے طبقے اور ذات پات کے اختلاف کو بھول کر ایک کنبے کی طرح رہتے۔

تخت محل کے اسی ویران ماحول نے تار بابو صادق حسن اور علی پانی والے میں سگوں کا سا رشتہ قائم کر دیا تھا اور کبھی جب صادق حسن سِک رپورٹ کر دیتے یا سٹیشن ماسٹر سے کہہ کر اتوار کی چھٹی مناتے تو دونوں کا دن ایک طرح

سے ساتھ ہی ساتھ گزرتا۔

یوں تہواروں اور دوسرے دنوں کی چھٹیاں خواہ حکومت کے تمام محکموں میں ملتی ہوں، ریلوے کے محکمے میں ان کا رواج نہیں، بڑے اسٹیشنوں کے بابو، اگر چاہیں تو باری باری سے اتوار کی چھٹی منا بھی سکتے ہیں، لیکن چھوٹے اسٹیشنوں کے بابوؤں کے لیے یہ بات ناممکن ہے۔ کیوں کہ یہ چھوٹے اسٹیشن اگرچہ ہوتے تو ہیں مین لائن پر ہی اور گاڑیاں بھی یہاں دن رات دندناتی رہتی ہیں، لیکن اسٹاف وہاں دو بابوں سے زیادہ نہیں رکھا جاتا۔ تخت محل بھی مین لائن ہی کا اسٹیشن تھا اور چوبیسوں گھنٹے وہاں گاڑیاں چلتی رہتی تھیں۔ مسافر گاڑیاں، پھلوں کی گاڑیاں اور بے وہ گاڑیاں جو رن تھرو کہلاتی ہیں اور ان ذرا ذرا سے بے مقدور سٹیشنوں پر رکنا پسند نہیں کرتیں۔ اس لیے تار بابو صادق حسن کے لیے کسی طرح کی چھٹی منانا ناممکن تھا۔ لیکن سٹیشن ماسٹر کچھ زندہ دل آدمی تھے، کفایت شعاری، نیکی اور بھلائی کے پتلے، ہنس مکھ برہمن! انھوں نے صادق حسن سے کہہ رکھا تھا کہ ایک اتوار کی چھٹی وہ منالیا کرے اور ایک اتوار کی وہ منالیا کریں گے۔ ہاں اگر کسی ایسے دن کوئی افسر آنے والا ہو تو دونوں کو حسب معمول کام کرنا ہوگا...... بڑی لائن ٹھہری۔ ٹی۔ آئی، اے، ٹی۔ او، ڈی۔ ٹی، او، اور دوسرے کئی چھوٹے موٹے داد، شہد کی مکھیوں کی طرح اس لائن پر منڈلایا کرتے...... گیدڑواہا، ملوٹ، ہندو مالکوٹ، میکلوڈ گنج روڈ، بہاول پور، چنتیاں، سماسٹا...... انھی منڈیاں جو تھیں اس لائن پر اور وہ براہ راست پھول سے رس نہ لے کر پھول پر پہلے ہی بیٹھے ہوئے بھونروں سے اپنا ٹیکس وصول کر لیا کرتے تھے۔ چھوٹے افسر نذرانوں اور بڑے ڈالیوں کی شکل میں...... اور اکثر ایسا ہوتا کہ صادق حسن اپنی طرف سے چھٹی منا رہے ہوتے کہ سٹیشن ماسٹر کا پیغام پہنچتا۔ اے، ٹی، او۔ گزر رہا ہے اور وہ خاصی فراخدلی میں تیار ہو کر وردی پہنتے پہنتے بھاگتے اور سٹیشن پر گاڑی کے آتے آتے وہاں پہنچتے۔

اسٹیشن ماسٹر فرصت کے اپنے اوقات کس طرح گذارتے ؟ اس کی تفصیل بتانا مشکل ہے۔ ان کے بچے تھے، بیوی تھی، ایک بوڑھی دادی تھی۔ پھر گائے تھی، بھینس تھی اور اسی گائے اور بھینس سے ایک خوبصورت بچھیا اور ایک روز بروز نوخیزی کے مراحل طے کر کے جوانی میں قدم رکھنے والا کھلنڈرا کٹڑا[1] تھا۔ لیکن تار بابو صادق حسن کے یہاں تو ان میں سے کوئی چیز نہ تھی۔ مہندی کی ایک چھوٹی سی کیاری تھی، لیکن مہندی کی خاموش کیاری کے پاس بیٹھ کر اور تخیلات کی دنیا بسا کر کتنے اتوار گذارے جا سکتے ہیں۔

کسی زمانے میں جب صادق حسن کالج میں پڑھتے تھے اور اپنے خالو کی لڑکی ریحانہ سے عشق کرتے تھے، سنتے ہیں انھیں فنونِ لطیفہ کا بھی شوق تھا اور وہ ایک ساتھ مصوری، اداکاری اور شاعری میں دلچسپی لیتے تھے۔ لیکن ان کی وہ دلچسپی اب بے عملی کاہلی اور تخت محل کے تنگ، دم گھونٹنے والے ماحول کی نذر ہو گئی تھی۔

مصوری کے نام پر اب بابو صادق حسن کسی ایسے باتصویر ماہنامہ کی تصویروں کو دیکھ کر ہی دل بہلا لیا کرتے تھے، جو بھولے بھٹکے کبھی تخت محل آ پہنچتا تھا، اداکاری کا بھی انھیں اتنا ہی شوق تھا کہ جب ادھر کے کسی گاؤں میں شادی بیاہ کے موقع پر آئی ہوئی کوئی بھانڈوں کی پارٹی یا گشتی نٹوں کی کوئی ٹولی آنکلتی اور اسٹیشن ماسٹر اور اس کے بچے، پانی والے، کانٹے والے اور اسٹیشن کا دوسرا اسٹاف معہ کنبے کے اور اسٹیشن کا کراٹھنڈے پکوڑوں اور گڑ کی ریوڑیوں کا کالا، میلا کچیلا لوہے کا تھال لیے ہوئے اور اس کی دوکان پر بیٹھا ہوا کوئی جاٹ، ریوڑیاں کڑکڑاتا یا پکوڑے چباتا اور اسٹیشن کے کتے اپنی دم ہلاتے دائرہ بنا کر آ بیٹھتے تو بابو صادق حسین بھی دفتر سے کرسی نکلوا کر اس اداکاری سے لطف اندوز ہو لیا کرتے۔ شاعری وہ بھول گئے تھے۔ ہاں کبھی کبھی جب جوش آتا تو بلند آواز میں گاتے ؎

---

[1] کٹڑا: بھینس کا بچہ۔

محبت کرو اور نبا ہو تو پوچھوں
یہ دشواریاں ہیں کہ آسانیاں ہیں

بار بار بس یہی ایک شعر۔ اس میں وہ کس کو مخاطب کرتے، ریحانہ کو یا اپنے آپ کو یا کسی خیالی محبوبہ کو، اسے خدا ہی بہتر جانتا ہے، ہاں شعر پڑھتے پڑھتے لمبی اور ٹھنڈی سانسیں کبھی کبھی اُن کے دل سے ضرور نکلا کرتیں۔۔۔ تخت محل کے اس وسیع ریگستان میں آپھنسے والے فن کاروں کا آخری سہارا!

چھٹی کے دن بابو صادق حسن کے دو ہی شغل ہوتے۔ دن کے پہلے حصے میں گھر اور جسم کی صفائی اور دوسرے میں چارپائی پر (سردیوں میں دھوپ اور گرمیوں میں شیشم کے سائے میں) لیٹ کر علی پانی والے سے باتیں:

آج تو ملک کے متعدد سٹیشنوں پر ایک ہی ذات کا پانی والا رہتا ہے لیکن ملک کی تقسیم سے پہلے پنجاب کے ہر چھوٹے سے چھوٹے سٹیشن پر ایک ہندو اور ایک مسلمان پانی والا ضرور رہتا تھا۔ یہ پانی والے مسافروں کو پانی پلانے کے لیے رکھے جاتے، لیکن زیادہ تر یہ سٹیشن ماسٹر اسسٹنٹ سٹیشن کے بابو کو بیوی کی طرف سے فرصت ملے یا صادق حسن کی طرح بیوی نام کی چیز کے لطیف قہقہے یا تیکھی ڈانٹ ڈپٹ سی کے آنگن کو محروم رکھے تو یہ پانی والے اُن کے یہاں روٹیاں بھی سینک دیتے۔ کبھی جب روٹی سینکتے سینکتے گاڑی آجاتی۔ تو توا اُتار کر، لکڑی چولھے سے کھینچ کر، وردی کا نیلا کُرتا سر اور باہوں سے نیچے اُتارتے اُتارتے سرکاری کام کی انجام دہی کے لیے بھاگتے۔ لیکن عموماً جب پانی کی بالٹی لے کر گاڑی کی طرف چلتے وہ چل چکی ہوتی اور کھڑکی کے باہر، پانی، پانی، چلاتا ہوا کسی بچے کا سر اور پانی کے لیے ہاتھ میں گلاس یا لوٹا تھامے ہوئے کسی عورت کا بازو ساتھ ہی چلا جاتا۔

سٹیشن ماسٹروں اور تار بابوؤں کی بیویاں جب اپنے شہروں

یا دیہات میں اپنی نسبتاً غریب پڑوسنوں کے جھرمٹے میں بیٹھی ان سٹیشنوں کی باتیں سنایا کرتی تو بڑے فخر سے ان پانی اور کانٹے والوں کو، نوکروں کے نام سے یاد کیا کرتی۔ یا پھر۔ کام وہاں کرنا ہی کیا پڑتا، جھاڑو بہارو دینا، برتن مانجنا، گائے دوہنا، دہی متھنا اور دوسرے سارے کام تو نوکر ہی کرتے تھے اسی لیے تو پھول گئی اور یہ نگوڑی کمر کا درد......

کہنے کا مطلب یہ کہ تخت محل کا مسلمان پانی والا علی صادق حسن کا باورچی تھا۔ کیوں کہ ہندو پانی والا اسٹیشن ماسٹر کے گھر کام کرتا تھا۔

چھٹی کے دن باورچی خانے سے فرصت پاکر اور گاڑیوں پر پانی پلانے کا کام ہندو پانی والے کے ذمے چھوڑ کر علی اپنا حقہ لے کر تار بابو کی چارپائی کے پاس آبیٹھتا اور ان میں عموماً اسی قسم کی باتیں چھڑ جاتیں۔

علی اپنے حقے کو گڑگڑاتا ہوا کہتا۔ "بابو جی، اب تو آپ گھر بسائیں۔ بلا گھر در کے زندگی کا کوئی لطف نہیں۔"

صادق حسن ہنستا۔ "تم بھی تو علی آخر اتنے دنوں سے بلا گھر در ہی کے ہو۔ تم کیوں نہیں اپنا گھر در بسا لیتے۔"

علی کو اس گھر بسانے کا کچھ نہ کچھ تجربہ بھی تھا۔ اب تک وہ تین شادیاں کرچکا تھا۔ اس کی پہلی بیوی کہتے ہیں، نہایت حسین تھی۔ لیکن وہ بیچاری بہت دن اس کی رفاقت کا سکھ نہ پاسکی۔ دوسری کو وہ دو سو روپے میں وہ کہیں سے لایا تھا اور ایک ہفتے میں وہ اس کی جمع پونجی لے کر فرار ہوگئی تھی۔ تیسری وہ دس سال پیسہ پیسہ جمع کرنے کے بعد چار سو میں لایا تھا۔ وہ اس کے ایک ساتھی کانٹے والے کے ساتھ بھاگ گئی تھی۔ لیکن اس کے باوجود اس کی بھوک بدستور تھی اور وہ پھر کچھ نہ کچھ جمع کرنے کی فکر میں تھا۔ شادی سے یا عورت سے اسے نفرت ہوگئی ہو یا اس میں دلچسپی نہ رہی ہو یہ بات نہ تھی۔

پہلی کے بارے میں پوچھا جاتا تو وہ درد انگیز آہ بھر کر کہتا۔" جنت کی حور تھی نازک، ہاتھ لگانے سے میلی ہوتی تھی اور پھر سیدھی سادی، بھولی بھالی تھی۔ جی جان سے میری خدمت کرتی تھی، لیکن خدا کو میرا یہ سکھ منظور نہ تھا" اور یہ کہتے کہتے اُس کا گلا بھر آیا کرتا۔

دوسری" وہ تو سب دھوکا تھا۔ فریب! میں لیٹروں کے ہاتھوں پھنس گیا تھا۔ وہ تو پہلے سے شادی شدہ تھی اور اس کی اس سازش میں اُس کا پہلا شوہر بھی شامل تھا" اور اس کا ذکر آتے ہی وہ ان لیٹروں کو ان ناموں سے یاد کرتا کہ شریفوں کی مجلس ہو تو کانوں پر ہاتھ رکھنے پڑیں۔

اس کے ساتھی خوب قہقہے لگاتے۔

تیسری۔" اجی وہ تو اُس بدمعاش غلام کی کارستانی تھی۔ اُس حرام زادے کو میں نے بھائی کی طرح سمجھا، ہمیشہ اُس کا خیال رکھا، ایک بار جب میعادی بخار سے بیمار پڑا تو میں نے ہی اُسے بچایا۔ اس سب کا صلہ اُس نے یہ دیا۔ تخم کا کمینہ تھا" وہ اپنے آپ کو تسلی دیتا۔ گھر میں آتا جاتا تھا، اُسے ماں کہتا تھا، جانے کیا سبز باغ دکھا کر اُسے بھگا لے گیا۔ حرام زادہ!" اور وہ دانت پیستا —— "ورنہ حسینہ تو سیدھی سادی لڑکی تھی —— کمینہ......!"

لوگ ہنسا کرتے تھے۔ دراصل علی کی یہی کمزوری تھی۔ اُس کے دوستوں میں سے کسی کو جب علی سے کسی طرح کی کوئی چیز لینا ہوتی تو وہ اُس کی پہلی بیوی کی بات چھیڑ دیتا۔ علی اُس کی باتیں کرتے کرتے اتنا پگھل جاتا کہ چپ چاپ وہ چیز دے دیتا۔ اُسے چھیڑنا یا اُسے چڑھا کر ہنسنا ہوتا تو دوسری کی بات چھیڑی جاتی اُسے جھلاتے ہوئے دیکھنا ہوتا تو تیسری کا ذکر چلایا جاتا اور اگر دوستوں کی خواہش ہوتی کہ منہ میٹھا کریں تو اُس کی ہونے والی بیوی کی خوبیوں اور رنگ روپ کا بکھان ہوتا، جس کے لیے وہ چوری چوری پھر سے کچھ نہ کچھ پس انداز کرنے لگا تھا۔

فرصت کے دن ایسی بات چلنے پر جب علی اپنی غریبی کا ذکر کرتا تو صادق حسن ہنس کر کہتے۔ "تم پہلے ارادہ تو پکا کرو، پھر کہیں بیل کی جائے"۔

علی کے منہ میں پانی بھر آتا۔ وہ حقہ پینا بھول جاتا۔ لیکن وہ بڑی حسرت کے ساتھ صرف اتنا ہی کہتا۔ "تیاری کا کیا ہے بابو جی۔ اپنا پیٹ تو بھرتا نہیں"۔

اور صادق حسن کروٹ بدل کر اس کی طرف منہ کر لیتے۔ "لڑکی تو ایک میری نظر میں ہے"۔ وہ کہتے۔ "اگر تم کہو تو کوشش کروں"۔

علی کی آنکھوں میں تشکر کا جو جذبہ جھلک اٹھتا وہ خود اس سوال کا جواب ہوتا۔

لبوں پر ہلکا سا تبسم لا کر صادق حسن خود ہی کہتے۔ "لڑکی تو ایسی حسین ہے کہ کیا کہوں۔ دیکھ کر آنکھوں کی بھوک مٹتی ہے"۔ ہاں تمہاری عمر کے خیال سے ذرا چھوٹی ضرور ہے"۔ اور پھر پوچھتے۔ "کیا ہوگی تمہاری عمر؟ چالیس سال......؟"

"چالیس..... علی ذرا ناک میں بول کر کہتا۔ "نہیں بابو جی۔ میں تو مشکل سے دو برس بیتے، تیس سال کا ہوا تھا"۔

"لیکن بال تو تمہارے......"

"بالوں پر نہ جائیے بابو جی۔ علی کہتا۔ "آپ سے پہلے جو بابو یہاں ہوتے تھے، اُن کے یہاں ایک دن بتریاں ٹپکاتے ہوئے پتیلے کے پانی کا ہاتھ سر کو لگ گیا تھا"۔

یہ پتیلے کے پانی کی بات وہ ہر ایک کو سناتا آ رہا تھا۔ صادق حسن کے پہلے جو بابو تھے اُن سے بھی وہ یہی بات کہتا تھا اور اُن سے پہلے جو تھے اُن سے بھی یہی۔ کبھی دوستوں میں وہ بالوں کی سفیدی کو نزلہ کے سبب بھی بنا دیتا تھا بہر حال صادق حسن بالوں کی سفیدی کو اہمیت نہ دیتے۔ "ارے کوئی بات نہیں۔ وہ کہتے۔ "ساٹھے پر پاٹھا ہوتا ہے۔ لیکن مرد ہو......"

علی بات کاٹ کر کہتا۔ "اب تو، بابو جی سٹیشن پر ہی کافی کام ہے، نہیں،

تو کسرت مَیں نے کبھی نہیں کم کی۔

صادق حسن علی کے مدقوق جسم کو دیکھتے ۔ لمبی ناک، پچکے گال، جبڑوں کی ہڈیاں اُبھری ہوئی، پتھر سی ذرا اندر کو دھنسی ہوئی آنکھیں، پیشانی کی رگیں کثرتِ کار کے باعث اُبھری ہوئی۔ اپنے بارے میں کس کو غلط فہمی نہیں ہوتی!

"نہیں، تمھارا بدن کسرتی معلوم ہوتا ہے۔" صادق حسن لحظہ بھر تک اُس پر ایک نقادانہ نگاہ ڈال کر کہتے۔" اور پھر لڑکی چھوٹی ہوئی تو کیا ہے۔ لڑکیوں اور بیلوں کو بڑھتے کیا دیر لگتی ہے۔ بس ایک بار گاؤں جا لینے دو۔ سب کچھ طے کر آؤں گا۔"

"لیکن پیسہ......"

صادق حسن علی کا گھر بسانے کے جوش میں اُٹھ کر بیٹھ جاتے۔" ارے پیسے کی تم فکر نہ کرو۔ سب انتظام ہو جائے گا۔ دو چار سو دینا بھی پڑے تو کچھ ڈر نہیں۔"

یہ روپے کہاں سے آئیں گے، اس بات کی فکر انھوں نے کبھی نہ کی تھی۔ کیونکہ یہ سب تو محض فرصت کے ان لمحات گزارنے کی بات تھی۔ ہاں اتنا ضرور ہوتا کہ اکثر بات یہاں سے آگے بھی بڑھ جاتی اور شادی کی دیگر تفصیلات بھی طے ہو جاتیں اور کبھی صادق حسن کہتے۔" دیکھو بھئی، بیوی لاؤ گے تو تمھیں بھی ہاتھ نہ جلانے پڑیں گے اور مجھے بھی آرام ہو جائے گا..... کم از کم تمھاری ادھ کچی روٹیوں سے تو نجات ملے گی۔" اور وہ قہقہہ لگاتے!" کہو بھول تو نہ جاؤ گے؟"

"ایسا بھی ہو سکتا ہے بابو جی؟" احسان کے بوجھ سے جُھک کر علی کہتا۔

لیکن اس احسان کو چُکانے کا موقعہ ابھی تک نہ آیا تھا۔ کیونکہ ان سب باتوں کی نوبت تو اُس وقت آتی جب صادق حسن گاؤں کو جاتے اور گاؤں جانے کا دن ابھی دور تھا۔

علی جب بھی بابو صاحب کو اچھے موڈ میں دیکھتا، اُن کا وعدہ یاد دلاتا۔ اُس

کے یاد دلانے کا طریقہ بھی عجیب ہوتا۔ مثلاً وہ کہتا۔ " بابو جی، آپ کو یہ سونا پن نہیں اکھرتا۔ یا۔" بابو جی، سٹیشن ماسٹر کے گھر بچہ ہوا ہے"۔

یا پھر وہی جملہ۔ " بابو جی، اب تو آپ کو گھر بسانا چاہیے۔"

ان سب فقروں میں اُس کے اپنے دل کا عکس ہوتا اور جب وہ صادق حسن کو گھر بسانے کا مشورہ دیتا تو اُس کا مطلب یہی ہوتا کہ بابو جی، اب تو آپ کو میرا گھر بسانے کی فکر کرنی چاہیے۔

کبھی جب صادق حسن کا من ہوتا تو وہ اسی بات کو لے کر علی کے سامنے سبز باغ کھلا دیتے اور کبھی جب وہ بے دل ہوتے تو وہ کچھ ایسی فلسفیانہ گفتگو شروع کر دیتے کہ علی کچھ بھی نہ سمجھ پاتا اور دل ہی دل میں وہ سوچ لیتا کہ یہ سب تخت محل کی ویرانی اور تار بابو کے تجرد کا نتیجہ ہے اور دل ہی دل میں وہ اُس کے لیے ہمدردی کی ایک گہری لمبی سانس بھی چھوڑ دیتا۔

بہر حال علی کا گھر خواہ ابھی تک آباد نہ ہوا ہو، صادق حسن کا وقت خوب گزر رہا تھا۔ اُنھیں کھانا بھی اچھا مل رہا تھا اور علی کی خدمات نہ صرف ملازموں کی سی سرد مہری سے مبرا تھیں بلکہ اُن میں کچھ عجیب سی گرم جوشی اور احسان مندی بھی موجود تھی۔ جب تار بابو کی طبیعت بیزار ہوتی تو وہ علی سے عموماً بہت کم باتیں کرتے تھے اور علی اس موقع کا منتظر رہتا، جب تار بابو کی طبیعت شگفتہ ہو.....

لیکن بے زار ہو یا شگفتہ۔ جب بات کا سلسلہ ختم ہوتا تو شام ہو چکی ہوتی اور تخت محل کی عمیق خاموشی کو توڑتی ہوئی شام کی گاڑی کے آنے کی گھنٹی بج رہی ہوتی، یا گاڑی دندناتی ہوئی پلیٹ فارم پر آ رہی ہوتی۔

••

آلڑائی آ، میرے آنگن میں سے جا!

گاڑی جب لاہور سے چلی تو جلدی میں سوار ہونے والے ایک لحیم شحیم سکھ مسافر نے یہ دیکھ کر سکھ کی سانس لی کہ اوپر کی برتھ پر کافی جگہ خالی ہے۔ قمیض کی باہیں چڑھا، بستر اٹھا اس نے ادھر پھینکا۔ باقی سامان، اِدھر اُدھر جما کر بستہ کھولنے ہی والا تھا کہ اس کے دل میں شک پیدا ہوا۔ کہیں یہ ڈبہ کٹ نہ جاتا ہو ورنہ میل میں اتنی جگہ کہاں خالی ہو سکتی ہے؟ اور بستر کھولنا چھوڑ کر اس نے نچلی سیٹ پر آرام سے لیٹے ہوئے ایک دوسرے مسافر سے پوچھا۔

"کیوں جی یہ ڈبہ بھٹنڈہ کٹ جاتا ہے یا سیدھا دلّی جاتا ہے؟"

"جی بھٹنڈہ میں کٹ جاتا ہے!" دوسرے نے جو صورت شکل سے مچھی ہٹہ لاہور کا کوئی کسرتی لالہ دکھائی دیتا ہے لیٹے لیٹے جواب دیا۔

سامنے کی برتھ پر لاہور ہی کے ایک پنجابی مسلمان نوجوان کا بستر بچھا ہوا تھا۔ لیکن وہ ابھی لیٹا نہ تھا، آرام سے بیٹھا ہوا سگریٹ پی رہا تھا۔ کش کھینچ کر بولا۔

"نہیں جی یہ غلط کہتے ہیں۔ ڈبہ سیدھا دلّی تک جاتا ہے۔"

لالہ کو جیسے بجلی کا تار چھو گیا اچک کر اٹھا اور بولا" دلّی کیا کلکتہ جاتا ہے آپ کو کچھ معلوم بھی ہے۔ مہینہ بھی نہیں ہوا کہ میں دلّی گیا تھا یہ ڈبہ بھٹنڈہ

میں کٹ گیا تھا؟"

"مہینہ! ۔" نوجوان استہزا سے ہنسا۔ "میں ہفتہ پہلے کی بات کرتا ہوں۔ دلّی تک سویا گیا تھا؟"

"سوئے گئے تھے؟" لالہ نے ایک 'اونہہ' کرتے ہوئے طنز سے سر کو جھٹکا دیا۔ "کیوں ایک بھلے آدمی کو پریشان کرتے ہو؟"

اور پھر جیسے دوسرے مسافروں کو سناتے ہوئے بڑے استہزا سے بولا "فیروزپور سے آگے کبھی بڑھے نہیں اور خبر دلّی کی دیتے ہیں۔"

نوجوان کا خون کھول اٹھا۔ سگریٹ کھڑکی سے پھینکتے ہوئے بولا "واہ رے روز کلکتہ جانے والے، شکل سے تو تُو گھسیارا دکھائی دیتا ہے۔

لالہ جھنجھلا کر اٹھا "کیا کہا؟ گھسیارا تیرا باپ ہوگا۔"

نوجوان نے جواب میں گھونسا پھینکا۔

کچھ لمحے ہوا میں گالیوں اور مکّوں کا راج رہا۔ لالہ اگرچہ بلا ناغہ ــــ ویایام شالہ میں کسرت کرنے والا تھا، لیکن نوجوان کا سا حوصلہ اس میں مفقود تھا۔ اس لیے وہ کچھ زیادہ پٹ رہا تھا، اس وقت جب نوجوان کے گھونسے سے وہ ڈبے کی دیوار کے ساتھ جا لگا تو اس نے وہیں پاس پڑی کسی مسافر کی صراحی اٹھا کر نوجوان کے سر پر دے ماری' سر پھٹ گیا، خون بہنے لگا کسی نے پولیس کو رپورٹ کردی، فیروزپور پہونچتے ہی تھانیدار گاڑی میں آدھمکے اور انھوں نے دونوں کو وہیں اترنے کے لیے کہا۔

پولیس کو دیکھتے ہی لالہ کا جوش ٹھنڈا ہو گیا، لوگوں نے بھی سمجھایا کہ آپ لوگ پہلے ہی کم پریشان نہیں ہوئے اب آپ کا پروگرام الگ خراب ہوگا۔ جھوٹا سچا کوئی ثابت ہو خوار دونوں ہوں گے۔ زخمی نوجوان محض سیر کے لیے جارہا تھا، اسے کوئی جلدی نہ تھی وہ اترنے کو تیار تھا، لیکن لالہ کے کام کا حرج ہوتا تھا، غلطی بھی اسی کی تھی اس نے طعنہ دیا تھا اور اس نے

صراحی ماری تھی۔ اس نے نوجوان سے معافی مانگی۔ سر آگے کیا کہ صراحی مار کر ہی اس کی تسلی ہوتی ہو تو وہ لالہ کی اپنی صراحی اس کے سر پر مار کر خوش ہولے۔ نوجوان کا غصہ دور ہو گیا۔ اس نے کپڑے بدلے۔ لالہ نے اپنی دھوتی پھاڑ کر اس کے پٹی باندھی پولیس چلی گئی۔ گاڑی بھی چل پڑی۔

•

"کیوں صاحب یہ ڈبہ بھٹنڈہ کٹ جائے گا یا سیدھا دلی تک جائے گا"

فیروز پور سے چلتی گاڑی میں بستر پھینک کر خاصی افراتفری میں ایک صاحب سوار ہوئے، صورت شکل سے وہ یوپی کے کوئی مہذب مسلمان معلوم ہوتے تھے۔ جب ان کی سانس درست ہوئی، تو اپنی داڑھی پر ہاتھ پھیرتے ہوئے انھوں نے سکھ مسافر سے یہ سوال کیا۔ جو بستر بچھانا بھول کر یہ تماشا دیکھنے لگا تھا۔

بستر کھولتے ہوئے سکھ مسافر نے ذرا ہنس کر لالہ کی طرف اشارہ کر دیا جو پٹ پٹا کر خاموشی سے لیٹا ہوا تھا۔

"مجھے خود نہیں معلوم۔" سکھ مسافر نے کہا۔ "ان سے پوچھیے۔"

لالہ پہلے ہی جلا بیٹھا تھا سانپ کی طرح پھنکارا "اب تیرا سر پھوڑوانے کا ارادہ ہے؟"

بستر بچھانا چھوڑ کر سکھ نے کہا۔ "کیا مجھے بھی نامرد سمجھ لیا ہے۔ جو سر پھوڑوا کر لیٹ جاؤں گا، اٹھا کر کھڑکی سے باہر نہ پھینک دوں گا سر پھوڑنے والے کو۔"

"نامرد!" نوجوان سر کے زخم کی پرواہ نہ کرتے ہوئے اٹھا اور "آ تو ذرا دیکھوں تیری مردمی،" کہتا ہوا سکھ کی طرف لپکا۔

اب کے تینوں الجھ گئے ہوا میں پھر گالیاں، گھونسے اور تھپڑ برسنے لگے۔

•

ڈبہ بھٹنڈہ نہیں کٹا، لیکن وہ تینوں پنجابی کٹ گئے، لالہ اور نوجوان

ہسپتال پہونچے اور سکھ حوالات۔ گاڑی چلی تو اوپر کی برتھ پر بستر بچھا کر دہ
یوپی کے مسلمان صاحب بڑے آرام سے سو رہے تھے اور ان کے ہلکے
ہلکے خراٹوں کی آواز ڈبے کی خموشی میں میٹھا سا شور پیدا کر رہی ہے۔

••

(۱۹۴۹ء)

کیپٹن رشید

"میں حنیف کے بارے میں کہہ رہی تھی کہ اپنی اس نئی اسکیم میں اسے کیوں نہیں لے لیتے؟"

کیپٹن رشید اپنی ٹیونک کے بٹن بند کرتے ہوئے اپنی عادت کے مطابق کمرے میں چکر لگا رہے تھے، ان کا دماغ اپنے اخبار کی کایا پلٹ کرنے میں محو تھا، خیال ہی خیال میں انھوں نے نئے قابل اور تجربہ کار اڈیٹر چن لئے تھے، پریس کو نیا ٹائپ ڈھالنے اور دفتر کو بہتر کاغذ سپلائی کرنے پر مجبور کر دیا تھا ـــ ان کا اخبار نفیس ترین ٹائپ اور نفیس ترین کاغذ پر چھپنے لگا تھا، اس کے تصویروں والے صفحے بڑھ گئے تھے ـــ ترتیب و تدوین میں انقلاب پیدا ہو گیا تھا، اور وہ فوجیوں کے لئے مفید سے مفید تر ہوتا جا رہا تھا ـــ نیم غنودہ سی حالت میں کانوں کے پردوں سے ٹکرانے والی مبہم سی آوازوں کی طرح اپنی بیگم کے یہ الفاظ ان کے کانوں میں پڑے اور قدرے مڑ کر خشمناک نگاہوں سے، انھوں نے اس کی طرف دیکھا۔

وہ بستر پر بیٹھی چائے بنا رہی تھی ـــ کیپٹن رشید نو بجے کی بجائے پونے نو بجے دفتر پہنچ جانا چاہتے تھے، افسر تھے اور ان کا خیال تھا کہ افسروں کو کلرکوں سے پندرہ منٹ پہلے اپنی سیٹ پر ہونا چاہئے۔ وہ آلارم لگا کر اٹھتے سوا آٹھ بجے تیار ہو جاتے اور ان کی بیوی کمرے ہی میں چائے منگا لیتی ـــ پیالے میں چینی ڈالتے ہوئے بیگم رشید کے ہونٹوں پر زمستان کی جھلکتی

ہوئی شفق کی سی مسکراہٹ ہویدا ہوئی، اس نے کنکھیوں سے شوہر کی طرف دیکھا اور پیالے میں چمچ ہلاتے ہوئے اس نے پھر وہی درخواست دھرانی شروع کی۔

"تم تو بے وقوف ہو"— اس کی بات کاٹ کر کیپٹن رشید نے بے صبری سے کہا۔ بھویں سکیڑیں، منھ بگاڑا، چائے کا پیالہ اٹھایا، اور پھر کمرے میں گھومنے لگے۔

کیپٹن رشید سوچتے وقت کمرے میں گھومنے کے عادی تھے اور چوں کہ رات کے اکثر حصّے میں وہ کچھ نہ کچھ سوچتے رہتے تھے اس لئے برابر کمرے میں گھوما کرتے تھے— جب انھیں کوئی خیال نہ سوجھ رہا ہوتا، یا لکھتے لکھتے ان کا قلم رک جاتا، کوئی بری خبر سنائی دیتی، یا کسی پر غصہ آتا تو دفتر میں ہوں یا گھر میں، کرسی پر بیٹھے ہوں یا چارپائی پر، اچانک اٹھ کر گھومنے لگتے— سر جھکائے پتلون کی جیبوں میں ہاتھ ڈالے یا ٹیونک یا کوٹ کے کالروں کو دونوں ہاتھوں سے تھامے بے تکان گھوما کرتے۔

ان کی بیوی انھیں چپ چاپ پیالہ اٹھائے دیوار کی طرف جاتے دیکھتی رہی۔ اس کی نظر اپنے اس کپتان شوہر کے گنجے ہوتے ہوئے سر، سر کے پچھلے ضرورت سے زیادہ ابھرے ہوئے حصّے، پتلی سی گردن، جھکے ہوئے کندھوں، پیٹھ اور سکڑے ہوئے کولھوں پر پھسلتی ہوئی ان کے قدموں پر آ ٹکی۔ اس نے دیکھا— اس کے شوہر کی چال میں کافی فرق آگیا ہے— اُسی دن کیوں، جب سے کیپٹن رشید اپنے اس نئے عہدے پر فائز ہوئے تھے، بیگم رشید نے اس فرق کو دیکھا تھا— ان کی پتلی گردن اس طرح اکڑی رہتی تھی جیسے اس کا پٹھا چڑھ گیا ہو، چلتے وقت وہ کئی بار اپنی ایڑیاں اٹھالیتے تھے اور دیوار کے پاس پہنچ کر جب مڑتے تھے تو بڑی تمکنت اور اہمیت کے احساس کے ساتھ پنجوں پر لٹو کی طرح گھوم جاتے تھے— کیپٹن رشید کی چال ہی نہیں

ان کے مزاج تک میں فرق آگیا تھا، ان کی نگاہیں، جو کسی زمانے میں ایک عجیب مظلومیت کے احساس سے بے چین، افسردہ اور جھکی جھکی رہتی تھیں، اب کچھ ایسی ٹیڑھی ہو گئی تھیں گویا سب کو اپنے سامنے حقیر سمجھتی ہوں، باتیں کرتے وقت وہ دوسرے کو بے وقوف سمجھتے ہوئے عجیب طنز سے مسکرا دیتے تھے اور کبھی نہایت حقارت سے ہونٹ سکیڑ لیتے تھے۔

کچھ لمحے وہ انھیں پیالے سے چسکی لیتے اور گھومتے ہوئے دیکھتی رہی۔ اپنی خالہ کے داماد کو اس نئی اسکیم میں لینے کی درخواست پر اس کے شوہر نے اُسے بے مانگے جو خطاب دیدیا تھا، اس پر اسے غصہ نہیں آیا۔ اس کے شوہر نے جب پہلے پہل وردی پہنی تھی تو اس کے دونوں جیٹھ اسے دیکھ کر ہنسا کرتے تھے ـــ بڑے جیٹھ ایک عجیب استہزا آمیز مسکراہٹ سے کہا کرتے "بھئی کیسے کیسے جواں مرد فوج میں بھرتی ہو رہے آجکل؟" اور چھوٹے انھیں دیکھتے ہی یہ شعر گنگنانا شروع کر دیتے: ؎

تصویر میری دیکھ کے کہنے لگا وہ شوخ
یہ کارٹون اچھا ہے اخبار کے لئے

اور جیٹھانیاں ہنسی روکنے کے لئے منھ میں دوپٹہ ٹھونس لیتیں اور وہ خود شرم کے مارے سر جھکا لیتی۔

لیکن اب اپنے شوہر کی کامیابی، اس کی تنی ہوئی گردن ٹیڑھی چتون، اور گرم مزاجی کو دیکھ کر اسے ایک طرح کی دلی مسرّت ہوتی تھی، اسے اچھی طرح معلوم تھا اس کا چھوٹا جیٹھ وہ شعر بھول گیا ہے، اور بڑے جیٹھ کو بھی اپنے اسی مخنی مدقوق سے بھائی کو دیکھ کر شرم آنے لگی ہے۔ آخر اس کے شوہر نے اپنی قابلیت کا سکّہ جما دیا تھا۔ اس نے جو کہا کر دکھایا، تھا۔ اپنے خاں بہادر باپ کی کسی قسم کی سفارش کے بغیر وہ اپنی محنت، قابلیت اور دیانت داری کے بل پر کپتان کے عہدے پر جا

پہونچا اور اس نئے عہدے کے لئے چنا گیا۔ اس کے کانوں میں اس کے شوہر کے وہ الفاظ گونج جاتے جو اس نے یہ اسامی ملتے ہی کہے تھے ــــ میں ہی پہلا ہندوستانی ہوں جو اس عہدے کے لئے منتخب ہوا ہے۔ ورنہ نصف صدی سے یہ اخبار نکل رہا ہے، کبھی کوئی بھی ہندستانی اس کا ایڈیٹر نہیں بنا۔"

اس نے فخر کے ساتھ اپنے شوہر کی طرف دیکھا۔ کیپٹن رشید نے پیالہ ختم کر کے تپائی پر رکھ دیا تھا اور بسکٹ دانتوں میں لئے گھومنے لگے تھے۔ دوسرا پیالہ بنانے کی غرض سے پیالے کی بچی ہوئی چائے خالی پلیٹ میں انڈیلتے ہوئے بیگم رشید نے گھوم پھر کر حنیف کی بات چھیڑی۔

"آپا شمیم ہماری چاہے دور کی رشتہ دار ہوتی ہیں، لیکن آپ جانتے ہیں کہ میں انھیں کتنا مانتی ہوں؟"

وہ کچھ لمحے کے لئے رُکی، کیپٹن رشید بدستور گھومتے رہے بیگم نے پھر کہنا شروع کیا۔

خالہ اس کے بارے میں بہت پریشان ہیں۔ چار برس کی شادی کو ہوگئے۔ گھر میں دو دو بچے ہیں، لیکن بھائی حنیف کو ابھی تک اچھی نوکری نہیں ملی۔

وہ کچھ لمحے کے لئے رُکی، اس نے دوسرا پیالہ بنایا، کیپٹن رشید بدستور گھومتے رہے، ان کی بھویں تن گئیں، جس سے ان کی پیشانی پر ناک کی سیدھ میں ایک آڑی لکیر بن گئی اور چلتے وقت پیروں پر جسم کا دباؤ بڑھنے لگا۔

"اس مہنگائی کے زمانے میں ساٹھ روپے سے تو ایک آدمی کی روٹی بھی نہیں چلتی ــــ بیگم نے لمبی سانس بھری ــــ" اور آپا شیم کے تو دو بچے، ساس اور شوہر ہیں۔"

وہ پیالے میں چینی ہلانے لگی، کیپٹن رشید نے اب بھی کوئی جواب نہ دیا ان کے ہونٹ بگڑ گئے اور نگاہوں میں حقارت کی لکیر اور بھی نمایاں ہو گئی۔ لیکن ایک تو ان کا چہرہ اپنی بیگم کی طرف نہ تھا اور دوسرے وہ چینی حل کرنے میں محو تھی اس لئے ان کی طرف دھیان دیئے بغیر پیالے میں چمچ ہلاتے ہلاتے بیگم رشید نے اپنی بات کا سلسلہ جاری رکھا۔

"جن کو انگریزی کی اے۔ بی۔ سی تک کا علم نہ ہو وہ آج کل دو دو سو پا رہے ہیں۔ حنیف بھائی تو بی۔ اے آنرز ہیں، لیکن وہ لوگ غریب ہیں ان کی سفارش...."

اب کیپٹن رشید کے لئے ضبط کرنا مشکل ہو گیا ـــ او بیوقوف عورت ـــ انھوں نے دل ہی دل میں تلملاتے ہوئے کہا ـــ کیا میں نے کسی کی سفارش سے یہ نوکری حاصل کی ہے، محنت، قابلیت اور دیانتداری ـــ دنیا میں کامیابی کی یہی کلید ہے۔ میں نے یہ سکیم حنیف جیسے کند ذہن نکمے اور ناقابل آدمیوں کے لئے نہیں بنائی ـــ مجھے تجربہ کار، محنتی اور اپنے کام کو سمجھنے والے دُور رس جرنلسٹوں کی ضرورت ہے نکمّے، اور ناکارہ لوگوں کی نہیں ـــ لیکن اپنے اُس ہم زلف کی شان میں بظاہر انھوں نے کچھ نہیں کہا، ایک حقارت اور رحم بھری نظر اپنی اس کوڑ مغز اور بیوقوف بیوی پر ڈالی، گھڑی میں وقت دیکھا اور دوسرا پیالہ پیئے بغیر باہر نکل گئے۔

ان کی بیوی مایوسی سے وہیں بیٹھی رہی، اور اگرچہ چینی کب کی حل ہو گئی تھی، لیکن وہ بے سود اس میں چمچ ہلاتی رہی۔

کیپٹن رشید اپنے ملٹری کنٹریکٹر (خان بہادر) باپ کے تیسرے اور

سب سے چھوٹے لڑکے تھے۔ جسمانی طور پر وہ اپنے دونوں بھائیوں کے مقابلے میں نہایت کمزور تھے، لیکن ان کا دماغ اپنے بھائیوں کی بہ نسبت زیادہ تیزی سے کام کرتا تھا، کھیل کود میں پچھڑ جانے پر بھی زندگی کی دوڑ میں وہ ان دونوں بیلوں کو! حقارت سے دل ہی دل میں وہ انھیں حرام کا مال کھا کر پلے ہوئے بیل کہا کرتے تھے اُنھیں پیچھے چھوڑ دینے کے خواب دیکھا کرتے تھے، یہی وجہ تھی کہ جب ان کے دونوں بھائی جائز یا ناجائز طریقے سے کمائی ہوئی اپنے باپ کی دولت کو جائز یا ناجائز طور ٹھکانے لگانے میں مصروف تھے، کیپٹن رشید جی جان سے محنت کرکے تعلیم کی منزلیں طے کر رہے تھے۔ کالج سے ڈگری لینے کے بعد انھوں نے جرنلزم کی تعلیم حاصل کی، اور انھوں نے ابھی مشکل ہی سے جرنلزم کا کورس پورا کیا تھا کہ انھیں کمیشن مل گیا، اگرچہ اس عہدے کے لئے ان کے لیے چنے جانے کی تہہ میں ان خان بہادر باپ کا رسوخ ہی کار فرما تھا، لیکن کیپٹن رشید اس کی وجہ اپنی قابلیت ہی سمجھتے تھے اور انھیں اس بات کی تسلّی تھی کہ وہ پورے طور پر اس عہدے کے قابل تھے۔

یہ اخبار جس کے وہ ایڈیٹر بن کر آئے تھے، اُن بے شمار فوجی اخباروں میں سے نہ تھا جو جنگ میں برساتی کُکرمتوں کی طرح اُگ آتے تھے۔ اسے چالیس پچاس برس پہلے افغانستان کے قبائلی علاقے میں لڑنے والے سپاہیوں کے لئے جاری کیا گیا تھا اور اس وقت جب کیپٹن رشید نے اس کی باگ ڈور سنبھالی، یہ سات زبانوں میں نکلتا تھا۔

عام فوجیوں کو عام سیاسی اخبار پڑھنے کی اجازت نہیں ہوتی۔ گھر سے ہزاروں میل دُور جنگلوں اور پہاڑوں میں انھیں لڑنا پڑتا ہے اور اگرچہ اس زمانے میں بھی ان کے بیکار وقت کو کھیل تماشوں سے بھرنے کی ہر ممکن کوشش کی جاتی تھی لیکن پھر بھی ایسے آرگن کی ضرورت تھی جو ان

نیم خواندہ سپاہیوں کی اُن ساعتوں کو بھر سکے، جو محنت، مشقت، کھیل کود، اور غپ شپ کے بعد ان پر بھاری بن جاتی ہیں۔ جب انھیں گھر کی، بیوی بچّوں کی (بیوی بچّوں سے عزیز کھیتوں کلیاں کی) یاد ستاتی ہے، جب وہ اپنے ضلع (اور اس طرح اپنے گاؤں) کے موسم اور فصلوں کے حالات، اپنے بیوی بچّوں، یاروں، دوستوں کی باتیں جاننے کے لئے بیقرار ہو جاتے ہیں۔ ان کی اس ضرورت کو کسی حد تک پورا کرنے کے لئے یہ اخبار نکالا گیا تھا۔ شروع شروع میں اس کے صرف دو صفحے تھے اور اسے نکالنے کے لئے ایک چھوٹا سا عملہ تھا۔

اگرچہ ہر جنگ کے بعد اس عملہ میں چند مترجم کلرکوں کا اضافہ ہوتا گیا تھا۔ لیکن اس کی ترتیب و تدوین اب بھی اس طرح ہوتی تھی، جیسے پچاس برس پہلے، اور اُسی پریس میں یہ چھپتا بھی) تھا۔

اخبار کا بیشتر مواد سرکار کے دوسرے محکموں سے سپلائی ہوتا۔ اسسٹنٹ ایڈیٹر اور کئی بار انگریزی کا ٹائپسٹ ہی اسے ترتیب دیتا، اور اس کا ترجمہ باقی زبانوں میں ہو جاتا۔ کوئی بھی ایسی چیز دوسرے ایڈیشنوں میں شائع نہ ہو سکتی جو انگریزی ایڈیشن میں نہ ہوتی، دوسرے ایڈیشن فوجیوں کے لئے تھے اور انگریزی کا ان کے افسروں کے لئے تاکہ وہ اس بات پر نظر رکھیں کہ اخبار میں کوئی ایسی ویسی باغیانہ یا سیاسی چیز تو شائع نہیں ہوتی۔

کیپٹن رشید نے آتے ہی اخبار کو ایک جرنلسٹ کی نظر سے دیکھا ان کی بھویں تن گئیں اور ہونٹ بگڑ گئے۔ ربش (RUBBISH) انتہائی نفرت سے اخبار کو میز پر پھینکتے ہوئے ان کے ہونٹوں سے نکلا۔ ایک ہفتے کے اندر اندر انھوں نے اخبار کی مردہ رگوں میں جان ڈالنے کی سکیم بنا لی۔

ہیڈ آفس میں ان کے افسروں نے شور مچایا کہ فنانس والے اس منصوبے کو کیسے منظور کریں گے؟ نصف صدی سے جو اخبار بڑے مزے سے چلتا آیا ہے،

اس میں وہ اتنی بڑی تبدیلی کیسے برداشت کر سکیں گے؟ اس سکیم کو مان لینا تو پہلے کے تمام افسروں کو بے وقوف ثابت کرنے کے مترادف ہو گا۔۔۔ وغیرہ۔۔۔۔۔۔وغیرہ۔۔۔۔۔'

لیکن کیپٹن رشید اس بحث کے لئے پورے طور سے تیار ہو کر گئے تھے، انھوں نے بڑے صبر کے ساتھ اس اخبار کی اہمیت بیان کی۔ "یہ اخبار ہندوستانی فوج کا واحد آرگن ہے۔" انھوں نے کہا "اس کے ذریعہ نہ صرف ہم فوجیوں کو اپنی پالیسی کے مطابق ڈھال سکتے ہیں، بلکہ ان کی ایک بہت بڑی ضرورت کو پورا کرتے ہیں۔" پھر انھوں نے بتایا کہ آج کے ہندوستانی فوجی پچاس برس پہلے کے فوجیوں سے سیاسی طور پر زیادہ بیدار ہیں، اس لئے اس اخبار کو اور بھی دانائی سے نکالنے کی ضرورت ہے۔ اس کے بعد انھوں نے اس بات کی شکایت کی کہ اتنے عرصے سے اس اہم اخبار کو صرف کلرک ہی نکالتے رہے ہیں اور یہ اخبار موجودہ جنگ میں ایک زبردست ہتھیار کا کام دے سکتا تھا، صرف مترجم کلرکوں کا تختۂ مشق بنا ہوا ہے۔ ایسے کلرک اسے نکالتے رہے ہیں جنھیں جرنلزم و جرنلزم تو دور رہا ہے، ٹرانسلیشن تک کا کوئی تجربہ نہیں اور انھوں نے اردو کے اخبار سے ترجمے کے کچھ نمونے دکھائے کہ کس طرح مترجم مکھی پر مکھی مار کر اخبار کا ستیاناس کر رہے ہیں۔ پھر اچانک انھوں نے ایک بالکل نئی دلیل دیتے ہوئے کہا۔ "میں انگریزی کا اخبار دیکھ سکتا ہوں، اردو کا دیکھ سکتا ہوں، لیکن ہندی گورمکھی، تامل اور تیلگو کا نہیں۔ ساٹھ ساٹھ روپے ماہوار پانے والے کلرکوں کے ہاتھ میں دو اخبار چھوڑ دیئے گئے ہیں، کون جانے وہ اس میں کیا چھاپتے ہیں، کیا نہیں۔"

پھر آخر میں اپنی سکیم کی خوبیاں بیان کرتے ہوئے انھوں نے اس بات پر زور دیا کہ ہر سیکشن میں ایک ذمہ دار اور تجربہ کار اخبار نویس سب ایڈیٹر ہونا چاہیے جو نہ صرف اخبار کے ہر مضمون پر نظر رکھے، بلکہ اس کی ترتیب و تدوین میں

جنگ کی موجودہ ضرورتوں کے مطابق تبدیلی کرتا رہا ہے۔

ان کی بات مان لی گئی۔ ہر سیکشن کے لئے اڑھائی اڑھائی سو کے معاوضے پر ایک سب ایڈیٹر رکھنے کی سکیم بنی، انگریزی سیکشن کے لئے ایک نئے اسسٹنٹ ایڈیٹر کا تقرر منظور کیا گیا اور کیپٹن رشید کی سکیم فنانس ڈیپارٹمنٹ کو بھیج دی گئی۔

فنانس ڈیپارٹمنٹ نے پہلے پہل صرف انگریزی، اردو، ہندی، گورمکھی ۔۔ چار سیکشنوں کے لئے سب ایڈیٹر رکھنے کی منظوری دیدی۔

سردیوں کے دن تھے اور آٹھ بج چکے تھے، لیکن دھوپ جیسے اس سردی میں جاگتے ہوئے ڈرتی تھی، اور ارد گرد کی کوٹھیوں میں سونے والوں کی طرح کہیں مشرق کی سیج پر لحاف اوڑھے سو رہی تھی، آسمان کی خواب آلودنگاہوں میں ابھی نیند کی مستی تھی، لیکن زمین بیدار ہو چکی تھی دونوں طرف یوکلپٹس آم، جامن، سرس اور نیم کے عظیم پیڑوں کی نسبتاً برہنہ شاخیں آسمان کی غنودہ آنکھوں کو چوم رہی تھیں، ٹھنڈی ہوا جھوم رہی تھی، اور پیڑوں کے کے تپے سڑک اور رفٹ پاتھوں پر اڑ رہے تھے ۔۔۔ کیپٹن رشید کی آنکھیں نہ اس وقت آسمان کی مستی دیکھ رہی تھیں، نہ زمین، کی بیداری۔ ان کے سامنے تو ان کا اخبار سانپ کی طرح اپنی پرانی کینچل اتار کر نئی پہن رہا تھا، اپنے دونوں ہاتھ پتلون کی جیبوں میں ڈالے وہ تصور ہی تصور میں ان نئی آسامیوں کے لئے آنے والے امیدواروں سے انٹرویو کر رہے تھے۔

اگرچہ آسامیاں صرف چار ہی تھیں لیکن درخواستیں (اس جنگ کے زمانے میں بیکاروں کی قلت ہونے کے باوجود) بے شمار آئی تھیں۔ کیپٹن رشید نے ان میں سے ہر سیکشن کے لئے پانچ پانچ درخواستیں چن لی تھیں اور صرف بیس کو انٹرویو کے لئے بلایا تھا۔ ان میں سے کچھ جرنلسٹ مقتدر اخباروں میں کام بھی کر رہے تھے۔ ان کی قابلیت اور لیاقت سے وہ واقف

بھی تھے، اس لئے انتخاب میں انھیں دقت پیش آرہی تھی۔ خیال ہی خیال میں کبھی اِس کو اور کبھی اُس کو چنتے ہوئے وہ دفتر پہونچے۔

دفتر جھاڑپونچھ اور صاف کر کے چپراسی ان کے انتظار میں کھڑا تھا کیپٹن رشید کے پہونچتے ہی ایک دم کھڑے ہو کر اس نے انھیں ایک فوجی سلام دیا۔

کیپٹن رشید نے ان کے سلام کا جواب نہیں دیا اور اپنے خیالات میں محو کرسی پر جا بیٹھے۔ کرسی کو چھوتے ہی وہ چونکے، اور انھوں نے زور سے گھنٹی بجائی۔

گویا ربڑ کے تار سے کھینچا ہوا چپراسی آحاضر ہوا۔

"پنڈت جی کو سلام دو۔"

اپنے افسر کو وقت سے پہلے دفتر میں آتے دیکھ کر دفتر کے جو کلرک اس سے بھی پہلے آنے لگے تھے، اس میں پنڈت کرپارام پیش پیش تھے۔ پچپن سال کی عمر، بے فکری اور بیکاری کی وجہ سے موٹا تھل تھل، پل پل جسم، گنجا سر، منھ کے اگلے دانت ندارد ــــ اس اخبار کے دفتر میں وہ ایک کلرک کی حیثیت سے داخل ہوئے تھے، اور وقت پر ہندی اُردو گورمکھی کے ٹرانسلیٹر رہ چکے تھے۔ کوئی قابل مترجم ہوتا تو خیر بڑی بات تھی، وہ تو اس فن ہی سے محض نابلد تھے۔ لیکن انھیں اس فن میں کمال حاصل تھا۔ جو بارہا سرکار کے دفتروں میں ایک کلرک کو دوسرے سے آگے نکل جانے میں مدد دیتا ہے۔ ترجمہ تو ان کے دوسرے بدنصیب ساتھی کرتے تھے، ان کا کام تو صاحب کے لئے ٹیکسی، راشن، پٹرول، مرغے مرغیوں سے لے کر ان کی میم صاحبہ کے لئے غازہ، روز، کریم، اور دوسری چیزوں کی بہم رسانی تھی۔ صبح آتے وقت اور شام کو جاتے وقت وہ بلاناغہ صاحب کو سلام کرتے۔ اپنی انھیں خوبیوں کی بدولت وہ ترقی

پانے ہوئے تمام سیکشنوں کے انچارج ہو گئے تھے ۔۔۔ اس سے پہلے کہ چپراسی انھیں صاحب کا سلام دیتا، وہ خود دانت نکالتے ہوئے صاحب کو سلام دینے آ پہونچے۔

صاحب نے ذرا سا سر ہلا کر ان کے سلام کا جواب دیا۔ مسکراہٹ کا جواب دینا اس نے مناسب نہیں سمجھا۔

انٹرویو کے لئے کون کون آرہا ہے۔

پنڈت جی فائل لینے کے لئے دوڑ گئے۔

کیپٹن رشید نے تازہ اخبار اٹھایا۔ پہلے صفحے پر ہی ٹائپ کی اتنی غلطیاں تھیں کہ ان کا خون کھول گیا۔ اس سلسلے میں وہ پریس کے مالک کو فون کرنے کی سوچ ہی رہے تھے کہ ٹیلی فون کی گھنٹی بجی۔

چونگا اٹھاتے ہوئے انھوں نے قدرے بے صبری سے کہا۔ "ہیلو!"

دوسری طرف ان کے والد خان بہادر نورالحسن تھے۔

"چھدّو" ۔۔۔ ان کی آواز کو پہچان کر خان بہادر بولے "تم سے شائد تمھاری اماں نے کہا ہوگا ۔۔۔ بیٹا حنیف کا خیال رکھنا، کل وہ میرے پاس آیا تھا وہ اپنا رشتہ دار ہے اور پھر ۔۔۔"

"لیکن ابّا جان آپ کہتے کیا ہیں؟ حنیف تو ایک دم نااہل ہے۔"

"نااہل! بی۔اے آنرز ہے۔"

"صرف بی۔اے آنرز کرنے سے کوئی جرنلسٹ نہیں بن جاتا، مجھے تو تجربہ کار جرنلسٹوں کی ضرورت ہے، جو اخبار کی کایا پلٹ کر دیں۔ حنیف کو تو جرنلزم کی ابجد تک کا علم نہیں۔"

"ارے بھائی سیکھ لے گا، کون سی ایسی چیز ہے جو محنتی آدمی ۔ ۔ ۔"

اپنے باپ کی ضد پر کیپٹن رشید کے تیور چڑھ گئے، لیکن ضبط کے ساتھ انھوں نے کہا ۔۔۔ "یہ اخبار والے کیا سوچیں گے؟ افسران کیا کہیں گے، اور

حنیف بھی دوسروں کی تیز رفتاری کے ساتھ کس طرح اپنی چال قائم رکھ سکے گا؟ سب لوگ مجھ پر ہنسیں گے۔"

"سرکار کے دفتروں میں ایک سے بڑھ کر ایک بے وقوف بھرا پڑا ہے!" خان بہادر ہنسے۔

آپ مجھ سے بددیانتی کرنے کو کہتے ہیں ـــــ اور کیپٹن رشید کی آواز اتنی اونچی ہوگئی کہ پرلے کمرے میں کام کرنے والے کلرک سہم کر خاموش ہوگئے۔

"تم بیوقوف ہو!" یہ کہہ کر ان کے والد نے ٹیلی فون بند کر دیا۔

ٹھک سے چونگے کو فون پر رکھ کر کیپٹن رشید اٹھے ـــ انٹرویو کی فائل ان کے سامنے کھول کر پنڈت کرپارام کھڑے مسکرا رہے تھے، کیپٹن رشید نے غضب آلود نگاہوں سے ان کی طرف دیکھا اور مسکراہٹ گویا پنڈت جی کے ہونٹوں پر منجمد ہوگئی۔

"تو ..... تو ..... میں"

"آپ جا سکتے ہیں" یہ کہہ کر ٹیونک کے دونوں کالروں کو تھامے کیپٹن رشید اپنے کمرے میں چکر لگانے لگے۔

گھومتے گھومتے ان کے سامنے پریس کے مالک خان بہادر، اور اپنے خان بہادر والد کی تصویر کھینچ گئی اور اپنے خان بہادر باپ پر آسنے والا غصہ پریس کے مالک پر نکالنے کے لئے انھوں نے فون کا چونگا اٹھایا۔ لیکن اسی وقت باہر میجر سلیم کی موٹر آ رکی، اور دوسرے لمحے میجر صاحب ایک نوجوان کو لئے ہوئے اندر داخل ہوگئے۔

کیپٹن رشید نے چونگا وہیں رکھ کر انھیں فوجی سلام کیا۔ حالانکہ میجر سلیم سے ان کے تعلقات قریب قریب دوستوں کے سے ہوگئے تھے تو بھی کیپٹن رشید فوجی ڈسپلن کے مطابق انھیں اب بھی سلام

کرتے تھے۔

میجر سلیم ہنسے "آپ بھی رشید بھائی بس......" اور انھوں نے سلام کا جواب دینے کے بجائے ہاتھ بڑھا دیا......" بیٹھئے بیٹھئے، اتنا تکلف نہ کیجئے۔" اور اس سے پہلے کہ کیپٹن رشید اپنی کرسی پر بیٹھتے، انھوں نے اپنے ساتھی کا تعارف کراتے ہوئے اپنی السائی ہوئی مسکراہٹ سے کہا۔

یہ ہیں ہندی کے مشہور جرنلسٹ مسٹر جیوتی سروپ بھار گو ربی اے۔ اردو سے بھی گہری واقفیت رکھتے ہیں۔ کئی اخباروں میں کام کرچکے ہیں اور کئی کتابوں کے مصنف ہیں۔ یہ ہندی سیکشن میں آپ کی مدد کریں گے اور انھوں نے گھنٹی بجائی۔ چپراسی سے کہا کہ پنڈت کرپا رام کو سلام دے۔

لیکن پنڈت جی تو خود ہی میجر سلیم کو سلام کہنے کے لئے چلے آرہے تھے۔

"پنڈت جی، مسٹر جیوتی پرشاد بھارگو ہندی کے سب ایڈیٹر مقرر ہوئے ہیں۔ انھیں لے جا کر ہندی سیکشن میں بٹھائیے۔ یہ ہندی کے کام میں مدد دیں گے۔"

پنڈت جی کے سلام کا جواب مسکراہٹ میں دیتے ہوئے میجر سلیم نے ان سے کہا اور مسٹر بھارگو کو ان کے ساتھ کر دیا۔

جب دونوں چلے گئے تو میجر صاحب نے کہا "یہ کرنل بھاٹیہ کے آدمی ہیں انھیں آپ کسی طرح ایکاموڈیٹ (MCCOMO DATE) کیجئے۔ آدمی لائق ہیں آپ کو کسی طرح تکلیف نہ ہو گی۔"

"آجکل کس اخبار میں کام کر رہے ہیں؟" کیپٹن رشید نے پوچھا۔

"فی الحال تو ایک فرم میں کنویسر ہیں"۔ میجر سلیم بولے "یہ برما سے

بھاگ کر آئے ہیں لیکن وہاں "برما سماچار" کے نام سے ایک اخبار نکالا کرتے تھے۔"

"لیکن ترجمہ۔"

"انھوں نے ایک دو انگریزی کتابوں کا ترجمہ کیا ہے۔ بلکہ آپ ان کی ایک کتاب کا فائدہ اٹھائیے، کرنل ہٹرون نے انگریزی میں پولٹری فارم پر جو کتاب لکھی ہے اس کا ترجمہ انھوں نے ہندی میں کیا ہے، آجکل ہماری فوجوں کے سامنے انڈے مہیّا کرنے کا مسئلہ پیش ہے، یونٹوں کو اپنے نجی پولٹری فارم کھولنے کی تلقین کی جارہی ہے۔ آپ اس کتاب کو باقساط انگریزی میں چھاپئے ہندی اردو ایڈیشنوں کے لئے مسٹر بھارگو مسالہ تیار کردیں گے۔"

اور جیسے ایک بڑے بار سے سبکدوش ہوکر میجر سلیم سگار سلگانے لگے۔ سگار کا کش کھینچ کر انھوں نے اتنا اور کہا۔"یہ مضمون ہمارے سپاہیوں کے بڑے کام کا ہے۔ ان میں سے اکثر کسان ہیں اور جنگ کے بعد اکثر کو مرغیاں پالنی پڑیں گی۔

کیپٹن رشید چپ رہ گئے، انھوں نے اپنے دماغ میں ایک مشہور ہندی روزنامہ کے ایڈیٹوریل اسٹاف سے ایک آدمی لینے کا سوچ رکھی تھی۔ ان کے لئے وہاں بیٹھے رہنا مشکل ہوگیا، وہ خود سگریٹ پینے عادی نہ تھے۔ لیکن انھوں نے آنے والے افسروں کی خاطر تواضع کے لئے کیونڈر کا ایک ڈبہ رکھ چھوڑا تھا، کبھی کبھار خود بھی ان کے ساتھ سگا لیتے تھے، اس وقت انھیں کچھ ایسی گھبراہٹ ہوئی کہ انھوں نے ڈبے میں سے ایک سگریٹ نکالا اور ہونٹوں میں رکھ کر اسے سلگا لیا۔

کچھ ہی کش کھینچنے سے ان کا منھ کڑوا ہوگیا، میجر سلیم کی آنکھ بچا کر انھوں نے سگریٹ کھڑکی کے باہر پھینک دیا، ہاتھ پتلون کی جیب میں

ڈالے، وہ لگاتار کمرے میں چکّر لگانا چاہتے تھے، لیکن میجر سلیم کی موجودگی کے باعث وہ ایسا نہ کر سکے، پھر کرسی پر آکر بیٹھ گئے، اور کچھ جھجکتے ہوئے بولے ــــ "آپ کا خیال ہے کہ یہ صاحب اخبار میں فٹ ہو جائیں گے، جرنلزم کا معمولی تجربہ تو ہمارے مترجموں کو بھی ہے، ہم تو قابل مترجم چاہتے ہیں۔

میجر سلیم نے جیسے ان کی بات نہیں سنی۔ سگار کے ایک دو کش کھینچ کر انھوں نے کہا ــــ

"کرنل بھاٹیہ آپ کی سفارش کر رہے تھے۔"

"میری!" کیپٹن رشید کی آواز میں حیرت تھی۔

"وہ کہتے تھے کہ آپ کو میجر کی رینک ملنی چاہیئے۔ آپ سے پہلے اس اخبار کے جتنے بھی ایڈیٹر رہے ہیں سبھی میجر تھے۔"

کیپٹن رشید مسٹر بھارگو کے بارے میں کچھ اور کہنے جا رہے تھے کہ خاموش ہو رہے ــــ یہ خوشخبری سنا کر میجر سلیم لٹھے اور پھر جیسے انھیں اچانک کوئی بات یاد آگئی ہو۔ انھوں نے کہا

"آج تو میٹنگ ہے۔"

"میٹنگ؟"

"برگیڈیر کل فرنٹ سے لوٹے ہیں، اس سلسلے میں وہ کچھ ضروری باتیں بتانا چاہتے ہیں۔"

"لیکن انٹرویو؟"

"کیا وقت دیا ہے آپ نے انٹرویو کا؟"

"گیارہ سے چار بجے تک۔"

"جب تک تو آپ بیس مرتبہ لوٹ آئیں گے۔"

مجبور ہو کر کیپٹن رشید اسسٹنٹ ایڈیٹر لیفٹیننٹ علی گل خاں کے

کمرے میں گئے ۔ مجھے مجبوراً میٹنگ جانا پڑ رہا ہے ۔ انھوں نے کہا " انٹرویو کے لئے جو صاحب آئیں، بیٹھائیے گا۔ میں جلدی ہی واپس آنے کی کوشش کروں گا ۔۔ اور یہ کہہ کر وہ کار میں میجر صاحب کی بغل میں جا بیٹھے ۔

شام کو ساڑھے پانچ بجے جب ان کی کار ہیڈ آفس سے واپس تو ان کے ساتھ ایک سکھ صوبے دار بھی اترے ۔

فرنٹ سے آنے کے بعد برگیڈیر صاحب جو ضروری بات انھیں بتانا چاہتے تھے وہ یہ تھی کہ اخبار میں بہت سے اصطلاحی الفاظ کا ترجمہ غلط ہوتا ہے ۔۔۔ برما کے مورچے پر جس لفظ کا ترجمہ 'خندق' کیا جاتا ہے اس کے لئے گن کی چوکی' استعمال ہونا چاہیئے ۔ کیونکہ وہاں عام خندقیں نہیں ہوتیں ۔ اسی طرح 'فوکس ہول' کا ترجمہ لومڑی کا غار چھپ رہا ہے ۔ حالانکہ یہ لومڑی کا نہیں بلکہ سپاہیوں کا غار ہے ۔ برگیڈیر اس غلط ترجمہ کیلئے بہت لال پیلے ہوئے ۔ ایسی کئی مثالیں انھوں نے اخبار کے مختلف ایڈیشنوں سے نکال کر دکھائیں، اور کہا کہ اخبار کے سٹاف پر کوئی ایسا فوجی افسر ضرور ہونا چاہیئے جسے فرنٹ کا پورا تجربہ ہو ۔ برگیڈر صاحب کے اس قول سے سب افسروں نے اتفاق ظاہر کیا اور کہا کہ وہ تو خود یہی تجویز کرنے والے تھے ۔ اور کرنل بھاٹیہ نے تو یہ بھی تجویز کی کہ نئی سکیم کے ماتحت ہی ایک فوجی افسر اخبار کے لئے لے لیا جائے ۔

میٹنگ کے بعد جب برگیڈیر صاحب نے کیپٹن رشید کو اپنے کمرے میں بلایا تو ان کا تعارف انھوں نے ایک سکھ صوبیدار صاحب سے کرایا ۔ " اخبار کے سٹاف پر ایک فوجی افسر کا ہونا ضروری ہے ۔" انھوں نے کہا " صوبیدار صاحب ایک پرانے افسر ہیں ۔ جنگی اصطلاحات سے پوری طرح واقف ہیں ۔ انھیں

آپ گورکھی ایڈیشن کا چارج دیدیجئے! دوسرے ایڈیشنوں میں بھی مدد دیں گے۔"

اور انھوں نے صوبیدار صاحب کو کیپٹن رشید کے ساتھ جانے کا حکم دیا، ایک فوجی سلام ٹھونک کر صوبیدار صاحب کیپٹن رشید کے ساتھ ہو لئے۔

"بادشاہو![1] مینوں تاں جرنلزم ورنلزم دا کوئی تجربہ نئیں"۔ کار میں صوبیدار صاحب کیپٹن رشید کی بغل میں بیٹھے ہوئے بتا رہے تھے "میں برگیڈیر صاحب تاں بہت پہلے کم کردا رہا ہاں، تے اوہ میرے تے بڑے مہربان تے۔ میں اُنہاں نوں کہا سی کی صاحب مینوں ہور نوکری دے دے۔ میں کدیں اخباراں دی شکل تک نئیں ڈِٹھی کسے وِچ کم کرنا تاں دور رہیا۔ لیکن برگیڈیر صاحب نے کہا ــــ ویل صوبیدار تم کوشش کرو، کوئی مشکل نئیں ــــ میں ایڈیٹر نوں آکھ دیاں گا۔ کہ اوہ تینوں سب کچھ سکھا دیوے ــــ میں چاہوناں ہاں ملٹری دا اک آدمی اخبار وچ ضرور ہوئے جس نوں لڑائی دا باقاعدہ تجربہ ہو دے۔"

"آپ کس فرنٹ پر ہو آئے ہیں"۔ کیپٹن رشید نے پوچھا۔

---

[1] بادشاہو! مجھے جرنلزم وغیرہ کا کوئی تجربہ نہیں۔ میں برگیڈیر صاحب کے ساتھ بہت پہلے کام کرتا رہا ہوں اور وہ مجھ پر بڑے مہربان ہیں۔ میں نے ان سے کہا تھا کہ صاحب مجھے اور کوئی دوسری نوکری دیدیں، میں نے اخباروں کی شکل تک نہیں دیکھی۔ کسی اخبار میں کام کرنا تو دور رہا۔ لیکن برگیڈیر صاحب نے کہا ــــ ویل صوبیدار تم کوشش کرو۔ کچھ مشکل نہیں۔ میں ایڈیٹر سے کہدوں گا کہ وہ تمھیں سب کچھ سکھا دے۔ میں چاہتا ہوں کہ ملٹری کا ایک آدمی اخبار میں ضرور ہو جس کو لڑائی کا باقاعدہ تجربہ ہو۔

"بادشاہو! جے کتے دی موت مرنا ہوندا تے اینتھے آون دی کی لوڑ سی"
اور بھولے سردار صاحب نے کہا۔
"میں بدقسمتی دے نال انجنیئر کور وچ، بھرتی ہوگیا سی تے تجربہ مینوں ککھ نہ ہویا سی، ساڈی کور کجھ ہی دناں تیک برما فرنٹ تے جان والی اے۔ میں صاحب نوں آکھیا — بھئی جے مہربانی کرنی ایں تے ہن کر۔ مگروں اساں فرنٹ نوں ٹر گئے سے تے تیری مہربانی کس کم آؤ۔ پچھے میرے بال ایانے ہن تے اوہناں نوں دیکھن والا کوئی نئیں۔ صاحب میرے تے خوش آئے۔ اوہنوں میری حالت تے ترس آگیا۔ تے اوس مینوں ایتھے گھل دِتا، میں کم سکھن دی پوری کوشش کرانگا۔ جے میں ایتھے کامیاب ہوگیا تاں صاحب میرے نال وعدا کیتا ای کہ اوہ میرے لئی تمغے دی سفارش بی کرے گا۔"[1]

دفتر میں جا کر میز پر بیٹھتے ہی کیپٹن رشید نے گھنٹی پر ہاتھ مارا۔

---

[1] بادشاہو اگر کتے کی موت مرنا ہوتا تو یہاں آنے کی کیا ضرورت تھی۔
— میں بدبختی سے انجنیئر کور میں بھرتی ہو گیا تھا۔ اور تجربہ مجھے کچھ نہ ہوا تھا۔ ہماری کور کچھ ہی دن تک برما فرنٹ پر جانے والی ہے۔ میں نے صاحب سے کہا کہ اگر مہربانی کرنی ہو تو اب کر۔ بعد میں فرنٹ پر چلے گئے تو تمھاری مہربانی کس کام آئے گی۔ میرے پیچھے میرے نابالغ بچے ہیں اور انھیں دیکھنے والا کوئی نہیں۔ صاحب مجھ پر مہربان ہے، اسے میری حالت پر رحم آگیا اور اس نے مجھے یہاں بھیج دیا۔ میں کام سیکھنے کی پوری کوشش کروں گا اور اگر یہاں کامیاب ہو گیا تو صاحب نے میرے ساتھ وعدہ کیا ہے کہ وہ میرے لئے تمغہ کی سفارش بھی کرے گا۔

"پنڈت کرپا رام کو سلام بولو۔" انھوں نے چپراسی سے کہا۔
لیکن پنڈت جی خود ہی صاحب کو سلام دینے آرہے تھے۔
مسکراتے ہوئے انھوں نے صاحب سے حکم پوچھا۔
پچھلے تین مہینے میں پہلی بار کیپٹن رشید نے پنڈت جی کی مسکراہٹ کا جواب دیا۔ کچھ ہکلاتے ہوئے انھوں نے کہا۔ "صوبیدار صاحب برگیڈیر کے آدمی ہیں۔ یہ گور مکھی کے سب ایڈیٹر ہوں گے۔ برگیڈیر صاحب چاہتے ہیں کہ اخبار کے سٹاف پر ایک فوجی افسر ہونا چاہیئے (یہاں انھوں نے وہ سب دلیلیں دُہرائیں جو برگیڈیر نے میٹنگ میں دی تھیں) آپ گور مکھی کے ٹرانس لیٹروں سے کہہ دیں کہ وہ ان کی مدد کریں اور انہیں تکلیف نہ ہونے دیں۔
اجی آپ فکر نہ کریں۔ سب ٹھیک ہو جائے گا۔" پنڈت جی نے خود اعتمادی کے ساتھ ہنستے ہوئے کہا۔ "جب تک میں ہوں کبھی کسی افسر کو کسی طرح کی تکلیف ہو سکتی ہے ——؟ اور انھوں نے صوبیدار صاحب سے کہا۔ "چلئے صوبیدار صاحب!"
اور جب وہ صوبیدار کو لئے ہوئے کیپٹن رشید کے کمرے سے نکلے تو پنڈت جی کے ہونٹوں پر مسکراہٹ اور بھی پھیل گئی۔
ان کے باہر جاتے ہی کیپٹن رشید نے پھر گھنٹی پر ہاتھ مارا۔ "لیفٹیننٹ صاحب کو سلام دو۔" انھوں نے چپراسی سے کہا۔
"میرا پیغام مل گیا تھا۔" لیفٹیننٹ صاحب کے آنے پر کیپٹن رشید نے ان سے پوچھا۔
"جی۔"
"انٹرویو لے لیا۔؟"
" ہندی اور انگریزی کے امیدواروں کا انٹرویو لے لیا۔ باقیوں کو

آپ کے ٹیلی فون کے مطابق کل آنے کے لئے کہہ دیا ہے۔"

"آپ انھیں بھی نمٹا دیجئے، امیدواروں کا انتخاب تو قریب قریب ہوگیا۔"

"انگریزی کے لئے کون آرہا ہے۔؟"

"ڈائرکٹر جنرل کا کوئی آدمی ہے۔ برگیڈیر کہہ رہے تھے کہ ڈائرکٹر جنرل انگریزی کا اسسٹنٹ بہت لائق چاہتے ہیں، کیونکہ انگریزی کے ایڈیشن ہی سے باقی سب ایڈیشنوں کا پیٹ بھرتا ہے۔ شاید ہیڈ آفس سے کوئی آدمی آئے۔"

"اور اردو۔"

اس کے لئے بھی چناؤ ہوگیا سمجھئے۔"

"یہ کہہ کر انھوں نے فائیل اٹھائی اور کام میں محو ہوگئے۔ لیفٹیننٹ صاحب اپنے کمرے میں چلے گئے۔

کیپٹن رشید نے فائل اپنے سامنے رکھ تو لی لیکن دستخط وہ ایک کاغذ پر بھی نہ کرسکے۔ فائل کو ایک طرف ہٹا کر وہ اٹھے اور ٹیونک کے کالروں کو دونوں ہاتھوں سے پکڑے دفتر میں گھومنے لگے۔

سات بج چکے تھے۔ جب چپراسی نے جھجکتے ہوئے اندر کمرے میں جھانکا تو کیپٹن رشید بدستور ٹیونک کے کالروں کو تھامے، سر جھکائے کمرے میں چکر لگا رہے تھے۔

...

دوسری صبح جب پنڈت کرپارام، صاحب کو سلام کرنے پہونچے تو انھوں نے کیپٹن رشید کے برابر کی کرسی پر ایک نوجوان کو بیٹھے دیکھا۔

"یہ مسٹر حنیف بی۔اے آنرز ہیں۔" ان کا تعارف کراتے ہوئے

کیپٹن رشید نے پنڈت جی سے کہا۔ "یہ اردو سیکشن کا کام سنبھالیں گے۔"

پنڈت جی نے کھیسیں نکوستے ہوئے مسٹر حنیف کو سلام کیا اور انھیں ساتھ لے کر چلے۔

چلتے وقت کیپٹن رشید کے یہ الفاظ ان کے کان میں پڑے۔

"ذرا ٹرانسلیٹروں سے کہہ دیجیے گا کہ انھیں کام سیکھنے میں مدد دیں۔"

●●

کالے صاحب

ڈسٹرکٹ مجسٹریٹ کے بنگلے سے باہر نکل کر شری واستو نے رسٹ واچ کی طرف دیکھا۔ آٹھ بجے تھے۔ اس کے پاس پورا ایک گھنٹہ تھا۔ چپراسی سے معلوم ہوا تھا کہ صاحب ۹ بجے واپس آئیں گے تو کیوں نہ وہ گنجان کو الہ آباد میں اپنی آمد کی خوشخبری سناتا آئے۔ ایک پنتھ دو کاج میں ہمیشہ اس کا اعتقاد رہا ہے۔ بلکہ اگر کسی پنتھ میں دو کے بدلے چار کاج ہوں تو وہ ان سب کو ایک ساتھ نمٹانے سے کبھی نہ چوکتا تھا۔ یہی سبب تھا کہ چھ سات سال قبل تیس چالیس روپے ماہوار کے کلرک سے ترقی کرکے وہ اس قلیل عرصے میں ڈپٹی کلکٹر ہو گیا تھا۔ یہی نہیں بلکہ ڈپٹی کلکٹر ہونے کے بعد اسی تیزی، چالاکی اور چابکدستی کی بدولت وہ چھوٹے غیر اہم اضلاع کو پھاندتا ہوا الہ آباد جیسے اہم اور بڑے ضلع میں تعینات ہو گیا تھا۔ آج ہی صبح اس نے الہ آباد میں قدم رکھا تھا اور آج ہی وہ اپنے اعلیٰ افسر کے ہاں حاضری دینے جا پہنچا تھا۔ لیکن ڈی ایم لکھنؤ سے دورے کے سلسلے میں آنے والے کسی منسٹر کی خدمت میں حاضری دینے گئے ہوئے تھے۔ اس لیے شری واستو کے پاس ایک گھنٹہ خالی تھا۔ گنجان اس کا بچپن کا دوست تھا۔ الٰہی گنج میں

رہتا تھا۔ اور یونیورسٹی میں لیکچرر تھا۔ یہ سوچ کر کہ وہ ابھی گھر پر ہی ہوگا شریواستو نے اس فاضل وقت میں اسی کے یہاں ہو آنے کا فیصلہ کیا۔ کچہری کے پاس سے گزر کر وہ سڑک پر آ کھڑا ہوا۔ ایک روز اسی کچہری کا وہ سب سے بڑا حاکم بنے گا۔ یہ خیال آتے ہی فخر سے اس کی ایڑیاں قدرے اٹھ گئیں اور اس کے ہاتھ بش شرٹ کے اکڑے ہوئے کالروں پر ہوتے ہوئے دامن پر آ کر رک گئے اور بٹنوں پر ایک دو بار زور دیتے ہوئے اس نے آگے پیچھے سے بش شرٹ کو درست کیا۔ تبھی اس کی نظر سامنے بارہ دری کے قریب دو رکشا والوں پر پڑی، جو غالباً اسی کے بارے میں بحث کرتے ہوئے چلے رہے تھے۔ "رکشا!" اس نے صاحبی انداز سے گلے میں الفاظ کو قدرے امیٹھتے ہوئے آواز دی۔

"جی حضور!"

اور دونوں رکشا اس کے سامنے آ کر رک گئے

"کیوں بھائی گھنٹے کے حساب سے چلو گے؟"

"کہاں جائیں گے؟" پہلے رکشا والے نے پوچھا۔

"کہیں بھی جائیں!"

"کیا گھنٹہ لے گا؟"

"جو بھی ریٹ ہوگا۔"

"روپیہ گھنٹہ لیں گے"

"دس آنے ملیں گے"

"اجی آئیے حضور۔ آپ ادھر آئیے۔" دوسرے رکشا والے نے ہانک لگائی۔

"ہاں ہاں، تم سے آؤ۔"

اور دوسرے رکشہ کے برابر آتے ہی شریواستو اچک کر اس پر

بیٹھ گیا۔ بش شرٹ کو دونوں طرف سے ذرا کھینچ کر اس نے درست کیا اور پتلون کو قدرے اوپر اٹھا لیا۔ تاکہ اس کی کریز خراب نہ ہو جائے۔ وہ پیچھے کی طرف پیٹھ لگا کر آرام سے نہیں بیٹھا۔ اسے خوف تھا کہ بش شرٹ مسل نہ جائے ڈی ایم سے ملنے تک وہ اسی طرح خوش پوش آپ ٹو ڈیٹ بنا رہنا چاہتا تھا۔ رکشہ پر وہ اس طرح اکڑا بیٹھا تھا گویا ڈی ایم سے مصافحہ کر کے ابھی آ کر کرسی پر بیٹھا ہو، سیدھا، اکڑا ہوا، چاق چوبند!

رکشہ والا خاکی سوٹ پہنے تھا۔ سوٹ بہت میلا بھی نہ تھا۔ شکل سے بھی وہ عام رکشا والا نہ معلوم ہوتا تھا۔ الہ آباد کے رکشے والوں میں دیہاتیوں کی کثرت ہوتی ہے فصل کا موسم نہ ہو اور کام سے فرصت ہو تو قرب و جوار کے دیہاتی لمبے لحیم شحیم جسموں پر کھادی کی بنڈیاں اور کمر میں انگوچھے باندھے پوٹلیوں میں ایک وقت کا راشن لیے الہ آباد کی جانب چل پڑتے ہیں شام کو پہنچتے ہیں۔ رات بھر کے لیے رکشہ لیتے ہیں اور سواری سے کرایہ لے کر ہی دوپہر کے وقت کا ستو خریدتے ہیں۔ انہی رکشہ والے دیہاتیوں کی سہولت کے لیے بہت سے پنواڑیوں نے پان، بیڑی سگریٹ کے ساتھ ستو کے تھال بھی سجا رکھے ہیں۔ جن کے چھوٹے چھوٹے اہرام میں ہری مرچیں کھنسی ہوئی عجیب بہار دیتی ہیں۔ یہ دیہاتی رکشہ والے رکشہ چلاتے چلاتے ذرا وقت پاتے ہیں تو سیر آدھ سیر ستو لے کر دکاندار ہی کی تھالی میں گوندھ کر لوندا سا بنا لیتے ہیں اور ہاتھ پر رکھ کر نمک مرچ کی مدد سے حلق سے اتار کر قریب کے کسی نل سے دو گھونٹ پانی پی لیتے ہیں۔ کہتے ہیں گیدڑ کی موت آتی ہے تو وہ شہر کی طرف بھاگتا ہے۔ اس روایتی گیدڑ اور ان دیہاتیوں میں کوئی خاص فرق نہیں دن دن بھر اور اکثر دن اور رات بھر رکشا چلا کر جہاں وہ سال سال بھر لگان کما کر لے جاتے ہیں وہاں پھیپھڑوں کو بھی دق کے جراثیم کی آماجگاہ بنا لیتے ہیں۔

جنگ عظیم کے بعد بیکار ہو گئے ہیں۔ رکشا چلاتے چلاتے ان کی پسلیاں نکل آئی ہیں۔ بس ان کی آنکھوں میں جھانکتا ہے پھر بھی گرانی کے اس زمانے میں، بال بچوں کا پیٹ بھرنے کے لیے وہ رکشا کھینچنے پر مجبور ہیں۔

شری واستو الٰہ آباد ہی کا رہنے والا تھا وہ ان دونوں طرح کے رکشا والوں سے بخوبی واقف تھا۔ لیکن اس کا یہ رکشا والا اسے ان دونوں سے جدا نظر آیا۔ ادھر رکشا والوں کی ایک تیسری قسم بھی دکھائی دینے لگی ہے۔ رونالڈ کولمن کی طرح باریک سی مونچھیں رکھے۔ فوجی بنیٹ یا بش شرٹ یا صرف ٹوپی پہنے، جنگ سے فرصت پائے ہوئے بے کار فوجی رکشا چلانے لگے ہیں۔ رکشا چلاتے وقت ان کا سر کا ترچھا پن بائیسکل کی گدی پر بیٹھے ہوئے ان کی کمر کی اکڑ اور پیڈل گھماتے ہوئے باہر کی طرف ان کے گھٹنوں کا پھیلاؤ پہلی ہی نظر میں ان کے فوجی ہونے کی چغلی کھاتا ہے۔ ہونٹوں کے داہنے یا بائیں گوشے میں بیڑی دبائے تیسری جنگ عظیم کے خواب دیکھتے۔ مصر ایران، اٹلی۔ جرمنی۔ وہاں کی آزاد فضا اور گوری نازنینوں کے تصور میں غرق وہ دندناتے ہوئے رکشا چلائے جاتے ہیں۔ آزادی نے انھیں گرا گرا انا بھلا کر احساس خودی سے سر اٹھانا سکھا دیا ہے۔ چونکہ بیشتر نیم تعلیم یافتہ ہیں اس لیے خودی کی حدود کہاں غرور اور اکھڑ پن سے جا ملتی ہے، یہ نہیں جانتے مول بھاؤ زیادہ نہیں کرتے اور سواری کو ایسی نظروں سے دیکھتے ہیں گویا وہ مال غنیمت میں پائے ہوئے دشمن کے شہری ہوں۔

یہ رکشا والا اگرچہ فوجی وردی پہنے ہوئے تھا۔ لیکن اس میں نہ وہ فوجیوں کی سی اکڑ تھی نہ اس کے چہرے پر دیگر فوجیوں کی مانند خشک آٹے کا تناؤ تھا۔ اس کے برعکس وہاں گندھی ہوئی لوئی کی سی نرمی اور لچک تھی۔

"کیوں جی تم فوج میں کام کرتے تھے؟" شریواستو نے اکڑے بیٹھے بیٹھے اکتا کر جسم کو قدرے ڈھیلا چھوڑتے ہوئے پوچھا۔

رکشا والے نے رکشا چلاتے چلاتے ذرا پیچھے کی طرف دیکھا۔

"نہیں صاحب۔ فوج میں ہم کیا کام کرتے!" یہ کہتے ہوئے اس کے ہونٹوں پر طنز آمیز اور پر حقارت مسکراہٹ دوڑ گئی۔ جس میں ہلکے زردی کی جھلک بھی شریواستو کی آنکھوں سے چھپی نہ رہی۔ وہ مسکراہٹ گویا کہہ رہی تھی کہ فوج کی ملازمت جیسا گرا ہوا کام ہم کیوں کرتے۔

"تو کیا رکشا چلاتے ہو؟" — شریواستو کا مطلب تھا کہ کیا چار چھ رکشے رکھ کر ان کی آمدنی سے گزر بسر کرتے ہو۔

رکشا والا ہنسا "اجی صاحب کہاں۔ یہاں تو یہ رکشا بھی اپنا نہیں۔ کرائے پر لے کر چلتے ہیں۔"

شریواستو کو اس کی آواز میں شرافت کا مہذب عنصر دکھائی دیا۔ اسے اس مہذب رکشا والے کے ساتھ کچھ ہمدردی ہوئی۔ "تو ایسا جان لیوا کام تم کیوں کرتے ہو؟" اس نے کہا۔ "رکشا چلانے سے تو پھیپھڑوں پر بڑا زور پڑتا ہے۔ دن رات ہل اور چھکڑا چلانے والے دیہاتی تو اسے کھینچ سکتے ہیں تمہارے جیسے شہریوں کے بس کا یہ کام نہیں۔"

"جی ہم کیا اپنی خوشی سے چلاتے ہیں۔ بیوی ہیں۔ چار بچے ہیں۔ ماں ہے۔ وہ بیوہ نہیں ہیں۔ اتنے بڑے کنبے کا بار اکیلے ہمیں پر ہے۔"

"تم اور کوئی کام کیوں نہیں کرتے؟"

"ہم کو کوئی دوسرا کام آتا نہیں صاحب۔"

"تو کیا تم ہمیشہ سے رکشا چلاتے ہو؟"

"جی نہیں صاحب۔ جب سے ملک کو آزادی ملی ہے۔" وہ خاموش

سے چند لمحے رکشا چلاتا رہا۔ پھر ہانپتے ہوئے بولا۔ "انگریز یہاں سے گئے کالے صاحب آئے کہ ہماری قسمت پھوٹی۔ دیسی صاحبوں کو نہ ہمارے کام کی سمجھ نہ پرکھ۔ نہ ہم ان کے کام کے نہ وہ ہمارے۔ ہم نے تو درخواست دی تھی کہ ہمیں کوئی دوسرا کام نہیں آتا۔ ہمیں گورے صاحبوں کے ساتھ ولائت بھیج دیجئے۔ پر ہماری کسی نے نہیں سنی"۔

"تو کیا کرتے تھے تم؟"

"ہم کمشنر ڈک صاحب کے یہاں کام کرتے تھے۔ پچاس روپیہ ماہانہ پاتے تھے رہنے کے لیے دو کمرے تھے۔ کپڑے صاحب دیتے تھے۔ معاف کیجئے گا...." اور رکشا والا بات کہتے کہتے ذرا جھجکا۔

نہیں نہیں کہو۔" شری واستو نے پھر اکڑ کر بیٹھتے ہوئے کہا۔

"ایسی تو صاحب کے یہاں ہم پہنا کرتے تھے"۔ رکشا والے نے اپنی بات پوری کی۔

شری واستو پھر ڈھیلا ہو کر بیٹھ گیا۔ اس کی پیٹھ پھر پیچھے لگ گئی اور سوٹ کے مسلے جانے کا بھی اسے خیال نہ رہا۔

"انگریزوں کے راج میں جو موج تھی وہ اب کہاں"۔ رکشا والا کہتا گیا۔ "دن تیوہار پر انعام ملتے تھے۔ ہمارے ہی نہیں بیوی بچوں تک کے کپڑے بن جاتے تھے اب بتائیے۔ اتنا ہم کہاں سے پائیں۔ کیسے بیوی بچوں کا پورا کریں۔ لاچار ہو کر رکشا چلاتے ہیں۔ خون سکھاتے ہیں۔ کسی دن اسی طرح مڑک جائیں گے"۔

"پر آخر بات کیا ہے۔ تم کسی دیسی صاحب کے ہاں کام کیوں نہیں کرتے۔ کمشنر کی جگہ کمشنر ہے اور کلکٹر کی جگہ کلکٹر"۔

رکشا والے نے رکشا چلاتے چلاتے پھر پیچھے کی طرف دیکھا "دیسی صاحب ہمیں کیا کھا کر رکھیں گے صاب" اس نے کہا۔ اور اس کے لبوں پر دبی ہی

پُرحقارت، طنز آمیز تبسم کھیل گیا۔

"کیا کرتے تھے تم کمشنر ڈک کے ہاں؟" تریواستو نے تجسس آمیز جھلاہٹ سے پوچھا۔ "کُک تھے"۔

"جی نہیں۔ خانساماں گیری ہم سے نہیں ہوتی۔"

"تو کیا تھے۔ بیرا تھے؟"

"جی ہاں۔ بیرا تھے"۔

تریواستو پھر اکڑ کر بیٹھ گیا۔ تو اس میں کیا دقت ہے تم دوسری جگہ نوکری کر سکتے ہو۔ ہمارے ہی یہاں ایک بیرا ہے"۔

"جی نہیں ویسے بیرا ہم نہیں تھے۔ ہم کھانا وانا لانے کا کام نہیں کرتے تھے۔ ہم صاحب کے کپڑے دیکھتے تھے"۔

"ہاں۔ ہاں کپڑے وپڑے دیکھتے ہوگے۔ بوٹ ووٹ صاف کرتے ہوگے۔"

"جی نہیں بوٹ تو بھنگی صاف کرتا تھا۔ ہم صرف کپڑے دیکھتے تھے"۔

"کیا دیکھتے تھے سارا دن کپڑوں کا؟"

"اب صاحب کیا بتائیں۔ آپ سمجھیں گے نہیں۔" رکشا والے نے ذرا سا مڑ کر مسکراتے ہوئے کہا۔ "انگریز لوگوں کی بڑی باتیں تھیں۔ ایک وقت ایک سوٹ پہنتے تھے۔۔ رات کا الگ، دفتر کا الگ، دن کے آرام کا الگ، سیر سپاٹے کا الگ، پھر ڈنر سوٹ، گولف سوٹ، پولو سوٹ، شکار سوٹ۔۔۔۔ ان سب کو ٹھیک جگہ پر رکھنا۔ دھوبی کو لینا دینا صاحب کو پہنانا۔ یہی کام تھا ہمارا دیسی صاحب کیا سمجھیں کیا پرکھیں ہمارا کام؟ دن رات۔ مہینوں برسوں ایک ہی سوٹ گھسائے جاتے ہیں۔ یہی صاحب جو اس کوٹھی میں رہتے ہیں کبھی دیکھا ہے ان کو؟"۔۔۔۔ رکشا والے نے ایک بڑی کوٹھی کی طرف اشارہ کرتے ہوئے کہا "کبھی کبھی ایسا سوٹ پہنتے ہیں۔ جو

معلوم ہوتا ہے کہ کالج کے دنوں کا سنبھالے ہوئے ہیں۔ جہاں دفتر لگاتے ہیں وہاں بال روم تھا سنیچر کی رات کو کیا کیا رونقیں ہوتی تھیں۔ اور باغیچہ دیکھا آپ نے۔ اس کی کیا درگت ہوئی ہے۔ کبھی انگریز صاحب کے زمانے میں اس کی بہار دیکھتے۔ وہی باغیچہ کیا یہ ساری سول لائن انگریز صاحبوں کے نام کو رو رہی ہے۔ اتنے بڑے بڑے بنگلے اتنے بڑے بڑے باغیچے بیوہ کے سر کی طرح منڈے دکھائی دیتے ہیں۔

شریواستو کو اس رکشا والے کی حقارت آمیز گفتگو اور ہندستانی طرز رہائش کے متعلق اس کے خیالات نہایت مذموم لگے۔ اگرچہ وہ خود انگریزی ٹھاٹھ باٹھ سے رہنا اور سوٹ بوٹ پہننا پسند کرتا تھا لیکن اس وقت اسے انگریزی تمدن سے متعلق ہر چیز اور ہر بات سے نفرت ہو گئی۔ اس 'لاعلم' کو ذرا سا باعلم بنانے کے خیال سے اس نے کہا: "ان کے اور اپنے کھانے پینے پہننے اوڑھنے، رہنے سہنے میں بڑا فرق ہے۔ وہ لوگ گوشت مچھلی کھانا شراب پینا برا نہیں سمجھتے۔ گائے اور سور کا گوشت کھاتے ہیں ہمارے ہاں ان کو چھونا بھی پاپ ہے۔ ان کی عورتیں ناچتی ہیں ہمارے ہاں . . . ."

"کچھ نہیں صاب۔" رکشا والے نے اس کی بات کاٹ کر اور رکشا کے پیڈل پر اپنے جوش میں مزید زور دیتے ہوئے کہا: "ہم لوگوں کا دیس غلاموں کا دیس ہے۔ غریب ہونے سے ہم نے غریبی کو جنت بنا دیا ہے۔ پیسے والے ہو کر بھی ہم عادت سے غریب بنے رہتے ہیں۔ روپیہ بینکوں میں جمع رکھتے ہیں اور دال روٹی پر قناعت کرتے ہیں۔ ہم کو ہمارا صاحب بتاتا تھا کہ ہندستان جب آزاد تھا تو لوگ خوب کھاتے پیتے، ناچتے گاتے عیش مناتے تھے۔ نہ یہ پردہ تھا نہ کھانے پینے پر یہ پابندی ہمارا صاحب کہا کرتا تھا کہ پیسے کا فائدہ اس کی روٹیشن میں، اسے خرچ کرنے میں ہے بینک میں جمع کرنے میں نہیں۔ روپیہ خرچ ہوتا ہے تو ملک کے کاریگر، مزدور، دکاندار سب

کام چلتے ہیں نہیں تو بیکاری بڑھتی ہے۔ ہمارا صاحب سال کے سال فرنیچر اور دروازے کھڑکیوں پر روغن کراتا تھا چھ مہینے میں وائٹ واش کراتا تھا دو مالی، دو بیرے، خانساماں، دھوبی، بھنگی، اس کے ہاں نوکر تھے۔ پھر اس کے دم سے ڈبل روٹی والے انڈے والے کرسی والے اور نہ جانے کون کون۔ سبھی روزی پاتے تھے۔

شری واستو کے دل میں ایک شعلہ سا لپکا۔ اسکا جی چاہا۔ اٹھ کر صاحب کے اس کتے کی گدی پر زور کا ایک گھونسا دے۔ لیکن رکشا کافی تیز چلا جا رہا تھا۔ آخر اس نے اپنا غصہ اپنے بیشتر گورے افسروں پر اتارا۔

"ان سالوں کا کیا ہے۔ عوام کو لوٹتے تھے۔ اور موج اڑاتے تھے۔" اس نے تضحیک کے لہجے میں کہا۔

"عوام کو یہ کیا کم لوٹتے ہیں۔" رکشا والے نے پلٹ کر نہایت مسکین طنز آمیز ہنسی کے ساتھ کہا "چھوٹے سے لے کر بڑے افسر تک سب کھاتے ہیں وہاں تو بڑے افسر کچھ لحاظ کرتے تھے۔ یہاں تو آپا دھاپی مچی۔ بس لینا جانتے ہیں، دینا نہیں جانتے۔ انگریز لیتا تھا تو دس آدمیوں کا پیٹ پالتا تھا۔ یہ لیتے ہیں تو جمع کرتے ہیں۔ کھائیں اڑائیں بھی کیا۔ عادت بھی ہو۔ وہی دھوتی کرتا پہنے اندر باہر سب جگہ بنے رہتے ہیں۔ پندرھویں، بیسویں نہ مہینے دو مہینے پر حجامت بناتے ہیں۔ نائی، دھوبی، بیرا، خانساماں ان سے کیا پائیں گے۔"

شری واستو دل ہی دل میں پیچ و تاب کھا کر رہ گیا۔ لیکن خاموش رہا کہ اس کمینے کے منہ کیا لگے۔

"دور کیوں جائیے۔" رکشا والا اپنی رو میں کہتا گیا "رکشے تانگے والوں کو ہی لیجئے۔ بڑے سے بڑا سیٹھ رکشا کرے گا تو بھاؤ تاؤ کرنا نہ بھولے گا۔ یہیں ایلن گنج میں ایک آنریری مجسٹریٹ رہتے ہیں۔ بڑے آدمی ہیں۔ چوک میں ان کا ایک پریس بھی چلتا ہے۔ ہمیشہ یہاں اڈے پر آ کھڑے

ہوتے ہیں اور چاہتے ہیں کہ ایک ہی سواری کے پیسے دینے پڑیں۔ دوسری سواری نہ ہو تو آدھ آدھ گھنٹے کھڑے رہتے ہیں۔ انگریز معمولی فوجی بھی ہو تو کبھی بھاؤ تاؤ نہ کرتا تھا پھر جیب میں روپیہ ہوا تو روپیہ دے دیا۔ اور دو ہوئے تو دو دیدیئے ایک بار ہمارے صاحب کی موٹر بگڑ گئی تھی۔ انہیں ایلن گنج سے کچہری تک جانے میں پانچ روپیہ کا نوٹ اس نے رکشے والے کو دے دیا تھا۔۔۔۔۔"

گیان کا گھر آگیا تھا۔ شری واستو اچک کر اٹھا لیکن وہاں جانے پر معلوم ہوا کہ وہ ہے نہیں اپنا کارڈ چھوڑ کر شری واستو مڑا اور رکشا میں سوار ہوتے ہی اس نے رکشا والے سے کہا کہ جلدی لے چلے۔

کچہری کے سامنے اترتے وقت اس نے گھڑی دیکھی۔ ایک گھنٹہ دس منٹ ہوئے تھے۔ دوسرا وقت ہوتا تو وہ دس آنے گھنٹے کے حساب سے بارہ آنے سے زیادہ نہ دیتا۔ لیکن اس رکشا والے کو بارہ آنے دینے میں اسے کچھ ہتک سی محسوس ہوئی۔ گورے صاحبوں کی قبر پر لات مارتے ہوئے اس نے کہا: "ایک گھنٹہ سے کچھ ہی منٹ زیادہ ہوئے ہیں۔ دو گھنٹے بھی لگائیں تو ایک روپے چار آنے ہوتے ہیں۔ لیکن یہ لو دو روپیہ۔ جو دو آنے ہماری طرف سے انعام سمجھ لو۔"

رکشا والے نے تقریباً فوجی طریقے سے سلام کیا اور شری واستو فخر سے ایڑیوں کو ذرا اٹھاتا ہوا۔ ڈسٹرکٹ مجسٹریٹ کے بنگلے کی طرف چلا۔

○

"کیوں کیا ملا؟"

پہلے رکشا والے نے جو ابھی تک اڈے پر کھڑا تھا زور سے پوچھا۔

"دو روپے۔"

"دو روپے؟"

"ہاں دو روپے۔ کسی دیسی صاحب سے میں نے کبھی کم لیا جو اس سے لیتا۔ سالے ان کالے صاحبوں سے نمٹنا میں ہی جانتا ہوں!"

آخر دند جلے کی بھنک شری داستو کے کانوں میں پڑ گئی۔ اس کی اٹھی ہوئی ایڑیاں بیٹھ گئیں۔ جسم کا تناؤ اور رفتار کی اکڑ قدرے کم ہو گئی۔ اور وہ عام انسانوں کی طرح چلتا ڈی ایم کے بنگلے میں داخل ہو گیا۔

•••